Helmut Pätz
Irene Pätz

Kurzgeschichten
Band 1

Helmut Pätz
Irene Pätz

Kurzgeschichten
Band 1

Bibliographische Informationen der Deutschen Nationalbibliothek: Die Deutsche Nationalbibliothek verzeichnet diese Publikation in der Deutschen Nationalbibliografie; detaillierte bibliografische Daten sind im Internet über dnb.dnb.de abrufbar.

Herstellung und Verlag:
BoD - Books on Demand, Norderstedt

ISBN 9783755723554

Abschied im Regen

Er setzte die Koffer ab und starrte in die Dunkelheit. In den schwarzen Tannen hing ein leises Rauschen. Der Wind hatte sich gelegt, aber es regnete immer noch. Er schlug den Mantelkragen hoch und ging zu dem Holzhäuschen hinüber, das den Fahrgästen dieser abgelegenen Station als Unterschlupf diente. Er hatte noch Zeit. Er wusste das. Aber es hätte keinen Sinn gehabt, noch länger dort zu bleiben.

Als sich ein schmaler Schatten von der schwarzen Wand löste und auf ihn zukam, zuckte er zusammen, und ihm wurde klar, dass alles vergebens gewesen war.

"Sie?" sagte er nur, und seine Stimme klang rau.

"Ja", entgegnete die Frau. Ihr Atem ging hastig und stoßend, wie nach einem schnellen Lauf. Ganz nahe standen sie jetzt beieinander. "Als ich vorhin beim Abendessen Ihren leeren Platz sah, da wusste ich es..."

Die Dunkelheit war inzwischen vollkommen und hatte einen letzten zarten Schimmer vom Straßenasphalt genommen. "Sie haben niemandem gesagt, dass Sie heute fahren würden."

"Nein", sagte er. Er dachte daran, dass der Bus erst in einer Stunde da sein würde. Sein Blick löste sich von ihr und suchte wieder die Straße, die gegenüber in den Fels gehauen war.

Ihre Hand legte sich zaghaft auf seinen Arm. "Warum haben Sie nichts gesagt?"

Er machte einen Schritt zur Seite. "Wozu?"
Sie antwortete nicht. Es gab keinen Zweifel, dass sie beide dasselbe empfanden, nämlich dumpfe Verzweiflung. Sie hatten nie darüber gesprochen, in all den Wochen und Monaten nicht, in denen sie zusammen gewesen waren in jenem Haus, das ihn anfangs so mit Entsetzen erfüllt und das er doch so voller Hoffnung für seine Wiedergenesung betreten hatte. Und die Hoffnung war stark genug gewesen, das Entsetzen abzutöten. Wenige Tage später war sie gekommen. Sie waren einander vorgestellt worden, und er hatte nur für kurze Zeit Mitleid mit ihr empfunden. Letzten Endes hatte die Krankheit, an der sie hier alle litten, den Schrecken der früheren Jahre verloren, man starb nicht mehr daran... Später dann hatte er sie kaum mehr beachtet, obgleich sie beim Essen nebeneinander saßen. Sie war eine von vielen gewesen, die gekommen waren mit derselben Hoffnung, erfüllt von derselben anfänglichen Furcht.
Einmal, später dann, hatte irgend jemand einen kleinen Scherz gemacht, und sie hatte ihn angesehen, ganz zufällig wohl, und dabei hatte er bemerkt, dass ihre Nase beim Lachen kleine Fältchen warf und ein paar Sommersprossen wie verloren darüber hingestreut waren. Ganz kurz nur hatte er es gesehen und dann mitgelacht.
Noch später dann waren sie ins Gespräch gekommen. Und einmal hatte er ihr voller Stolz ein Foto von seiner Frau und den Kindern gezeigt. Sie hatte nur genickt und gelächelt und die Kinder besonders lange angeschaut. Er erzählte ihr von dem anstrengenden Dienst in der Redaktion einer Zeitung, und dass er nur allzu oft zu wenig Zeit habe für seine Familie. Sie hingegen berichtete ihm

von ihrer Tätigkeit auf der Bank und hatte ihm klarzumachen versucht, welch ein lebendiges und voller Überraschungen und Tücke steckendes Wesen doch das Geld sei, und dass sie hoffe, diese ihr im Laufe der Jahre liebgewordene Tätigkeit bald wieder aufnehmen zu können.

Wochen-, monatelang hatten sie bei den Mahlzeiten an demselben Tisch gesessen. Und einmal -wieder ganz zufällig - hatte sie ihn minutenlang gedankenverloren angeschaut, und er war fast erschrocken gewesen über die dunkle Tiefe ihrer Augen und zugleich verwundert über sich selber, dass er das bisher noch nie bemerkt hatte, Schnell hatte er wieder weggeblickt, aber er hatte sie von da an nie wieder ansehen können, ohne diesen Ausdruck in ihren Augen zu suchen, und ihre Gespräche hatten ihre anfängliche Unbefangenheit verloren.

Eines Mittags verfingen sich ihre Blicke wieder ineinander, und eine Ewigkeit schien zu vergehen, bis die banalen Gesprächsfetzen ihrer Tisch-nachbarn wieder an ihr Ohr drangen.

In den folgenden Tagen vermieden sie es, einander anzusehen, und sie sprachen daraufhin nur das Notwendigste mit einander .Ein Mal sogar war er sehr unfreundlich zu ihr gewesen, aus einem zu nichtigen Anlass, als dass er sich am nächsten Tag noch daran zu erinnern vermochte. Aber sie schmerzte ihn sehr, diese begangene Unfreundlichkeit, und er war sicher, dass sie ebenso darunter litt wie er. Dennoch hatte er sich nie bei ihr entschuldigt.

Die Tage vergingen in monotonem Gleichmaß. Aber einmal glaubte er, bei ihr eine fast jähe Kopfbewegung zu bemerken, als er beim Essen einem Tischnachbarn beiläufig seine nun bald bevorstehende Abreise mitteilte...

Die ganze Zeit über hatten sie unbeweglich nebeneinander gestanden. Auf der Serpentine am gegenüberliegenden Hang tauchten entfernt die Lichter des Busses auf..

Ihre Gesichter waren einander ganz nahe. Er spürte ihren Atem auf seiner Haut und wusste, dass ihre dunklen Augen ihn fragend ansahen...

Aus der Biegung huschten die Lichter der Scheinwerfer zum ersten Mal mahnend über den nassen Asphalt und über knorriges Geäst.

Er wandte sich ruckartig ab und griff nach den Koffern. Als der Bus hielt, schob er sein Gepäck in hassvoller Verzweiflung über die Stufen, kletterte hinterher und sah sich noch einmal um. Im herausfallenden Lichtschein sah er nur ihre Beine und den unteren Teil des Mantels. Ihr Gesicht war im Schatten...

Wieder fing die Dunkelheit sie ein, und der Regen wurde stärker. Aber sie merkte es   nicht, Sie empfand gar nichts.

Sie ging die Straße wieder zurück. Als die Lichter des großen Hauses zwischen den bewegten Tannenästen tanzten, bog sie nach links ab. Sie wollte noch nicht da hinein. Sie hatte plötzlich Angst vor der unsäglichen Einsamkeit, die sie von jetzt ab dort umfangen würde, trotz der vielen Menschen, die um sie waren. Und sie wusste, dass diese Einsamkeit sie nie wieder verlassen würde.

Helmut Pätz

Angst

Als er in der Frühe des Morgens auf die Plattform kletterte, war es neblig. Es war gegen fünf Uhr, und er freute sich, dass es neblig war. Er dachte, dass der Nebel alles zudecken könne, vielleicht sogar die Angst. Er war fünfzig Jahre alt und seine Haltung leicht gebeugt. Als Folge eines Unfalles zog er den linken Fuß etwas nach.

Fast mechanisch nahm er auf dem Führersitz Platz. Mit gewohnter Bewegung schob er sein Frühstücksbrot in das Fach vor sich. Dann trat er auf die Fußglocke, und das harte Rattern der Räder in den Schienen ließ den Wagen erzittern.

Im Wageninnern roch es nach Farbe und kaltem Zigarettenrauch. Er starrte gegen die leise hin- und herpendelnden Reklameschilder, die gegen das dunkle Holz schlugen. Gleich würden die ersten Fahrgäste zusteigen. Nur ganz schwach drang das Licht einzelner erleuchteter Fenster der Häuser durch den Nebel, - und dann kam die Angst wieder. Er spürte, wie sie allmählich wuchs, immer schwerer und drückender wurde, den ganzen Magen ausfüllte, bis nichts anderes mehr Platz hatte darin. Er aß nur noch wenig und morgens schon gar nicht. Je mehr sie sich der Hangstraße näherten, um so mehr wuchs die Angst, mit der er ganz allein war und von der er zu keinem Menschen sprechen mochte.

Als sie an der Hangstraße ankamen, war kein Sitzplatz mehr frei, und die Luft war zum Ersticken. Hinter ihm standen zwei Fahrgäste direkt hinter ihm, in den schlingernden Bewegungen der holprigen Gleise, und sie unterhielten sich laut.

"... ich glaube nicht, dass sie dieses Mal gewinnen", sagte der eine von ihnen. Er war dicklich und aus seinem runden, gleichgültigen Gesicht starrten zwei wässrig-blaue Augen.

Währenddessen fuhr die Bahn die Hangstraße hinab.

"Der Verein ist zu alt", bestätigte sein Begleiter im schläfrigen Ton.

"Ja", nickte der Dicke, "... was die brauchen, sind junge Kräfte..."

Die Hangstraße ging in einer Länge von dreihundert Metern steil abwärts und endete in einer Kurve, die sich lang vor das Bankgebäude hinzog. Jetzt passiert es, dachte er und starrte verzweifelt seine Hände an. Er war jedes Mal wie gelähmt, und er hatte das Bedürfnis, einfach hinauszuspringen. Und doch wäre er nicht in der Lage gewesen, die kleinste Bewegung zu machen. Der Schweiß trat ihm auf die Stirn. Er hatte das Gefühl, keinen Boden mehr unter den Füßen zu haben und mit zunehmender Geschwindigkeit in einen Abgrund zu stürzen. Er wusste, dass sie auf das Bankgebäude zurasten, und glaubte jedesmal, den Wagen nicht halten zu können. Sie würden aus der Kurve schleudern und gegen den harten, granitenen Unterbau der Bank, die Passanten auf dem Bürgersteig zermalmend, selbst an der Mauer zerschellen...

Dann setzten die Bremsen ein - ein harter, rhythmischer Wechsel zwischen blockierten und freilaufenden Rädern - , und er fühlte wieder Boden unter den Füßen.

Ohne es zu wissen, starrte er den Dicken an. Der Dicke starrte zurück.

"... nee, die werden bestimmt nicht gewinnen..." sagte er dann in fast wütendem Ton.

Die furchtbare Last der Angst löste sich langsam von ihm, als sie mit verminderter Geschwindigkeit an dem Bankhaus vorbeifuhren, blieb aber weiterhin auf der Lauer. Sechs Mal noch würden sie heute diese Stelle passieren, und noch sechsmal würde ihn die Angst packen und lähmen.

Fast zwei Jahre fuhr er nun schon diese Strecke, täglich sieben Mal. Er war fünfzig Jahre alt und ging etwas vornübergebeugt. Die Angst krümmte seinen Körper, aber er sprach zu niemandem davon.

Helmut Pätz

Blaulicht und nasser Asphalt

"Dora 24... Dora 24... bitte kommen..."
Sein Herz krampfte sich zusammen. Er hatte auf diese Stimme gewartet. Als sie jetzt aus dem Mikrofon erklang, wusste er, dass sie ihm galt, ihm ganz allein.
"Hallo, hier Dora 24... ich höre..." rief er zurück. Karl saß neben ihm am Steuer.
Und dann war sie wieder da, diese kalte, unpersönliche Stimme: "Unfall am Kahlberger Ring, Kreuzung Brunsfelde... schwarzer Mercedes gegen einen Baum gefahren... Fahren Sie sofort dorthin!"
Karl hatte schon automatisch die Fahrtrichtung geändert. Sie verließen das Bahnhofsviertel. Bunte Reklamelichter huschten über den blanken Asphalt. Mit Blaulicht und Martinshorn jagten sie an der Schlange der vielen Fahrzeuge vorbei. Schweigend saßen sie nebeneinander, wie immer, wenn sie gemeinsam Dienst taten. Er war abgespannt und schwankte zwischen lähmender Müdigkeit und hellstem Wachsein.
Karl hatte ihn ein paar Mal forschend von der Seite angesehen. Er aber hatte nur abwehrend den Kopf geschüttelt. Was hätte er ihm auch sagen sollen. Karl war noch zu jung, um das alles zu verstehen, was ihn bedrückte. Vor allem das mit Ernst.
Ernst! Wieder spürte er den Stich im Herzen.
Sie ließen den Stadtkern hinter sich zurück. Vor dem 'Rialto' stand der Portier in goldglänzendem Livree. Er gähnte. Aus dem großen Portal fiel ein breiter Lichtschein quer über die Straße, erfüllte einen Augenblick lang das Wageninnere und ließ die Uniformknöpfe aufblitzen. Für den Bruchteil einer Sekunde sah er Karls unbewegliches Gesicht über dem Steuer.
Die Straßen wurden jetzt dunkler und einsamer. Das eigene Blaulicht umgab sie mit einem unwirklichen Flackern.
"Wir sind gleich da..." sagte Karl.

Er nickte nur. Der Gedanke an Ernst ließ ihn nicht los. Schon einmal hatten sie den Jungen erwischt, als er mit einem fremden Wagen durch die Gegend gejagt war. Es war kein Diebstahl gewesen - das nicht. Er hatte nur einmal am Steuer sitzen, den Rausch der Geschwindigkeit erleben wollen. Später hatte er den Wagen unbeschädigt zurückgebracht. Aber er war beobachtet worden. Gottlob wurde keine Anzeige erstattet, er selbst hatte das noch einmal in Ordnung bringen können. Aber es saß fest in dem Jungen. Er wusste das. Er kannte es nur zu gut, dieses Flackern in seinen Augen, wenn die Rede auf Autos und Motorrädern kam. Dann schlossen sich seine Hände zu Fäusten, krallten sich um etwas Unsichtbares, etwas, das nur in der Fantasie des Jungen lebte. Immer wieder hatte er versucht, ihn davon abzubringen, es ihm auszureden, in Güte, mit Vernunft, - schließlich sogar mit Verboten irgendwelcher Art drohend. Es half nichts. Er wusste das. Er kannte seinen Jungen...

Bitternis quoll in ihm hoch. Den Jungen? Sich selbst kannte er nur zu gut! In ihm war es doch auch. Darum hatte er sich damals zur motorisierten Einheit gemeldet.

"Wir sind da..."

Erst jetzt merkte er, dass der Wagen ausrollte. Karl sprang nach draußen. Er folgte fast mechanisch. Dunkelheit umgab sie. Unter ihren harten Sohlen knackte der regenfeuchte Blaubasalt. Aus der Ferne kamen ihnen fremde Fahrtlichter entgegen. Der Schein aus Karls Taschenlampe flackerte unstet hin und her. Sie gingen nach links hinüber. Ein paar Schatten wichen zurück.

"... da ist nichts mehr zu machen", sagte eine Stimme.

Im flackernden Licht sahen sie den Wagen. Fast zärtlich schmiegte sich das schwarzglänzende Blech um den Chausseebaum. Unter Karls hartem Griff gab die verbogene Tür kreischend nach. Der Lichtkegel wischte über das bleiche Gesicht mit dem dunklen Haar. Seine Ahnung wurde zur schrecklichen Gewissheit.

"Geh, Karl, mach' Meldung..." Es kam ihm gar nicht zum Bewusstsein, dass seine Lippen Worte formten, die irgend jemand verstehen konnte. Aber Karl nickte. Sein Gesicht war schneeweiß.

Eine halbe Stunde später verließen sie das Revier. Karl würde ihn nach Hause fahren.

Meistens hatte er es übernehmen müssen, bei Unfällen die Angehörigen zu benachrichtigen. Man hatte gemeint, er wäre der richtige Mann dafür. Immer fand er die passenden Worte.

Seiner Frau brauchte er nichts zu sagen. Sie würde es seinem Gesicht ansehen. ..

Helmut Pätz

Denkt ihr noch an Mentilos?

Gestern dachte ich an ihn. Fast drei Jahrzehnte war es her. Dazwischen nichts, als hätte es ihn nie gegeben. Gestern aber dachte ich an ihn, als ich im Stadtpark spazierenging, plötzlich, von irgendwoher die zarten Töne einer Geige hörte, stehenblieb und lauschte. Nicht, daß ich besonders musikalisch bin, aber etwas eigenartig Vertrautes rührte mich an, obgleich ich so lange nicht daran gedacht hatte. Ja, vielleicht hätte ich mich nie wieder daran erinnert, wenn nicht jene Klänge durch ein offenes Fenster zu mir gedrungen wären.

"Mentilos..." Ein Wort, ein Name, ein Begriff, - irgendwann von irgendwoher zugeweht, aufgefangen, weitergetragen, festgehalten und fixiert auf "Mentilos" einen abstoßenden, ängstlichen und doch wohl einen der tapfersten Menschen, die mir je begegneten...

"Mentilos kommt..." Hört ihr es noch, dieses Wispern von Mund zu Mund? Wie leergefegt und ausgestorben war dann die Straße, als hätte es uns nie gegeben, die wir eben noch darin gelärmt und getobt hatten. Wir standen in den Hauseingängen, an die Mauer gepreßt, schweigend, und voll angespannter Erregung zitternd.

Und dann kam er, eine kleine schmächtige Gestalt im schwarzen, blankgescheuerten Anzug mit den ausgebeulten Hosen, die Geige unter dem Arm. Er schaute sich nach allen Seiten um, und die Augen in dem faltigen, unrasierten Gesicht waren voller Angst. Er wußte, was ihm bevorstand. Er kannte uns. Dennoch kam er immer wieder, mit unfehlbarer Regelmäßigkeit.

Der erste Hausflur nahm ihn auf, wo ihn noch tiefstes Schweigen umfing und wo vielleicht jedesmal die bange Hoffnung aufkeimte, daß es dieses Mal gutgehen würde, wenn er - im obersten Stockwerk beginnend - die Geige unters Kinn schiebend, zaghaft den Bogen ansetzte. Aber das kleine Volkslied, mit zitternden Fingern vorgetragen, brach jäh mit einem Mißton ab, als mochten unsere flüsternden Stimmen an sein überwaches Gehör gedrungen sein. Wir hörten ihn dann hinunterhüpfen, abgehackt, vorsichtig, auf jedem Treppenabsatz verweilend und dadurch sein angstvolles Lauschen anzeigend. Und wir lagen im Halbdunkel auf der Lauer und warteten, wie die Jäger auf das Wild.

Das Volkslied wurde nie zu Ende gespielt, jedenfalls hörten wir es nie. Auch im nächsten Haus nicht, in das er sich noch hineinwagte. Das dritte betrat er gar nicht erst. Da war er schon auf der Flucht, die Geige fest unterm Arm

geklemmt, sich gehetzt nach uns umblickend, die wir johlend und grölend hinter ihm her jagten: "Mentilos! Mentilos!"

Er floh. Durch zwei, drei Straßen. Dann war unser Mütchen gekühlt, und wir ließen ihn laufen. Er hatte "unser" Reich verlassen, in dem wir niemanden duldeten, jedenfalls nicht solche unseren Spott geradezu herausfordernde, lächerliche Absonderlichkeiten wie Mentilos.

Einmal, auf der Flucht, rutschte er aus und fiel in eine Pfütze. Wir umstanden ihn, schadenfroh lachend. Da schlug er mit dem Geigenstock nach uns. Es war die einzige Gegenwehr, die wir jemals von ihm erfuhren.

14

Eines Abends - wißt ihr noch? - verfolgten wir ihn, unbemerkt. Wir wollten jetzt noch herausfinden, wo er, wie er hauste. Wir umlauerten jenes kleine Haus in der düsteren Straße. Noch war es nicht an der Zeit, ihm den Stein - den du, Harald, in der Hand hieltest - ins Fenster zu werfen. Und plötzlich hörten wir sie, die Geige. Durch das nur angelehnte Fenster drangen die Töne zu uns. Wir lauschten, schlichen näher und lauschten wieder. Wir konnten nichts anderes tun. Es war Mentlos, der uns in seinen Bann schlug. Und warst du es nicht, Baumgartner, der sich in Haralds Arm warf, um den Steinwurf, den schon gezielten, zu verhindern? Was war es? Was spielte er? Sarasate? Paganini? Kreißler? Wie unwichtig war es, das 'Was'. Aber wie er es spielte...

Das Spiel brach jäh ab. Mentilos hatte uns gesehen, er stürzte ans Fenster, um es zu schließen. "Geht", stieß er hervor, "geht", und seine kurzsichtigen Augen flehten.

Wir baten ihn nicht, weiterzuspielen. Wir wagten es nicht. Wir schlichen wortlos, ohne uns anzusehen, nach Haus.

Denkt ihr nochmal an Mentilos? Ein Stück unserer Jugend, ein eigenartiges, ein wundersames und irgendwie beschämendes -

Wir hatten ihn nie wiedergesehen.

Helmut Pätz

Der Nächste, bitte...

Ich spüre die Kälte. Das Wartezimmer ist nicht geheizt. Man kann es nicht heizen. Es gibt keinen Ofen in diesem alten Haus. Es lohnt nicht mehr. Eines nicht allzu fernen Tages wird man es doch abreißen müssen.

Ich bin der dritte Patient. Als ich vorhin eintrat, blickten die beiden vor mir von ihren zerfledderten Zeitschriften auf. Ganz kurz nur und mürrisch. Ihre Mäntel haben sie anbehalten. Ich beschließe, es ebenso zu tun. Während ich im steifen Rohrstuhl an der Wand hocke, in mich zusammengekauert, um den Rest Eigenwärme möglichst lange bei mir zu behalten, höre ich ihn nebenan mit seinen Instrumenten hantieren. Ich blicke auf die Uhr. Schon eine Viertelstunde über der Zeit. Wie immer! Dann schlürfen seine Schritte über den kahlen Holzfußboden. Wasser plätschert im Becken.

Mein Blick gleitet über das abgetretene Holz der Dielen hinauf zu den verblichenen Tapeten mit den Bildern, die ich so gut kenne. Zwei davon sind echte Stiche. Immer wieder bin ich darüber verwundert, dass noch keiner sie heimlich hat mitgehen lassen. Aber wer vermutet schon hier in diesem dunklen, unfreundlichen Raum solche Kostbarkeiten? Und er selbst, ob er weiß, welche Werte hier bei ihm unbemerkt vergilben und verstauben? Ich bin dennoch ziemlich sicher, dass er es weiß.

Oben an der Decke über dem Fenster breitet sich der gelbe Fleck mit dem dunklen Rand aus. Wie in jedem Jahr. Im Sommer ist er kaum zu sehen. Jetzt aber kommt die Feuchtigkeit wieder durch.

Plötzlich schiebt einer der beiden anderen die Zeitschriften beiseite, springt auf, greift zum Hut, murmelt etwas von "hat man doch schließlich gar nicht nötig..." und "Zeit ist Geld..." und schlägt die Tür hinter sich zu. Der andere blickt nur kurz auf, lächelt etwas betroffen, zuckt dann gleichmütig die Schultern und liest weiter.

Ich sitze da, friere, denke nach und verspüre gleichfalls aufkommenden Ärger. Warum, frage ich mich, warum gehe ich eigentlich zu ihm, immer wieder, bei Wind und Wetter, all die Jahre schon? An drei Zahnärzten führt mein Weg vorbei zu ihm. Drei Zahnärzte, die zwischen meiner Wohnung und seinem Haus ihre Praxis haben. Ich weiß, es sind moderne Zahnarztpraxen mit garantiert schmerzloser Behandlung in hellen, zentralbeheizten Räumen mit bequemen Sesseln im Wartezimmer. Aber ich, ich gehe ausgerechnet hierher zu ihm, der er noch nicht einmal eine Sprechstundenhilfe hat. Ich brauche

16

ihn nicht zu fragen, warum er allein arbeitet. Er hat Mühe, sich selbst durchzuschlagen.

Jetzt höre ich ihn hinter der Tür. Er öffnet sie. Vornübergebeugt, mit der blitzenden Brille unter dem schlohweißen Haar, blickt er in dem fast leeren Raum umher. Als er mich erkennt, lächelt er. Es ist ein Lächeln, das mich für all die Unbequemlichkeiten hier entschädigt. "Gleich..." sagt er mit sanfter Stimme, "es wird nicht lange dauern..." und wie zur Entschuldigung: "Ja... ich weiß, es ist kalt heute, sehr kalt..." Dann bittet er den ersten Patienten zu sich. Ich bin jetzt allein, und die Kälte kommt wieder auf mich zu.

Später sitze ich dann in seinem veralteten Behandlungsstuhl, der bei jeder Bewegung knarrt, und blinzle in den trüben Tiefstrahler. Ich verfolge seine zittrigen Hände, wie sie den Bohrer in meinen Mund führen, die aber ganz ruhig werden, wenn er ansetzt und mit unfehlbarer Sicherheit jene gewisse Stelle findet. Ich sehe ihm zu, wie er mit bebenden Lippen die Tropfen zählt, sie auf eine kleine Porzellanplatte fallenlässt und mir dabei bis ins einzelne die Notwendigkeit der Behandlung erklärt. Er hat Zeit, viel Zeit für seine Patienten. Man ist zu Gast bei ihm.

Und dann weiß ich auf einmal, warum ich zu ihm komme, ausgerechnet zu ihm. Irgendwie war er ein Teil Hauses, denen er nicht entfliehen konnte. Seine wenigen Patienten aber, sie brachten ein Stückchen Welt zu ihm, jenen Anteil des Lebens, den er noch brauchte.

Ja, irgendeiner, fühlte ich, irgendeiner mußte da draußen sitzen, wenn er die Tür öffnete und sagte:

"Der Nächste, bitte..."

Helmut Pätz

Die Nacht aber schweigt

Über der kleinen Stadt lag gleißendes Mondlicht. Der Schatten der niedrigen Häuser lastete in den engen

Straßen, und wie blind blickten die Fenster in die Nacht. Es war still.

Der Mann hockte auf dem Rand des Marktbrunnens. Während er in die Nacht hineinlauschte, zeichnete er mit dem Handstock wahllos Figuren in den weichen Sand. Von irgendwo kam die heisere Stimme eines Betrunkenen, verstummte erschrocken. Dann wurde eine Autotür mit lautem Knall zugeschlagen. Der Mann atmete erleichtert auf. Wirkliche Stille kann man nur ertragen, wenn sie hin und wieder von den trivialen Geräuschen des Lebens unterbrochen wird. Er stand auf und stützte sich auf seinen Handstock. Alles war wie immer: die Treppe mit dem verschnörkelten Geländer, die zu dem kleinen Rathaus führte, die Apotheke gleich daneben, in deren Butzenscheiben sich das spärliche Licht der Nacht spiegelte, das alte Wirtshaus an der Ecke...

Er blickte nach oben. Es war klar, und der helle Mondschein ließ das Flackern der Sterne verblassen. Die Nacht war schön.

Er schritt aus. Er spürte das Unbehagen, das diese Nacht in sich barg, ein Unbehagen, das hinter einer immer mehr verblassenden Erinnerung stets auf der Lauer gelegen hatte seit einer Zeit, da diese hellen Nächte erfüllt waren von Untergang und Vernichtung, wo der Boden erbebte und die Menschen aufstöhnten in grenzenloser Verzweiflung. Er spürte das Dröhnen aus der Erde her, und er schritt schneller aus, wie um zu entfliehen.

Aber es gab kein Entrinnen.

Von dumpfem Donnergrollen war die Nacht erfüllt, ein Grollen, das immer lauter und lauter wurde, und das die Stille der Nacht in sich verschlang.

Und dann kam es heran.

Ein fauchendes, graugeflecktes Ungetüm walzte um die Häuserecke, feindselig, geduckt. Es war, als berste die Erde, aber ihr qualvoller Aufschrei wurde erstickt unter den mahlenden Raupenketten.

18

Der Mann stand wie gebannt. Er presste sich unwillkürlich gegen die Hauswand, und er hörte, wie das ängstliche Singen der erzitternden Fensterscheiben unterging in dem Aufheulen der Motoren.

Er starrte auf die Panzer, auf die drohenden Geschützrohre. Er sah junge Soldaten, die, in Zeltplane gehüllt, auf den Plattformen hockten. Sie schliefen, dösten vor sich hin, rauchten. Ihre jungen, grauen Gesichter waren erschöpft, gezeichnet von den Anstrengungen der letzten Tage der großen Herbstmanöver.

Hier und da flammte in einem der Häuser ein Licht auf, wurde ein Fenster geöffnet. Der mildtätige Schleier der Vergessenheit schien jäh zerrissen.

Dann kam der letzte Panzer. Er verschwand auf knirschenden Ketten im Schatten der Häuser. Das Dröhnen der Motoren, das Zittern der gequälten Erde verlor sich.

Und wieder schwieg die Nacht. Es war sehr still jetzt, fast beängstigend still.

Der Mann ging weiter. Er ließ die letzten Häuser hinter sich zurück. Zu beiden Seiten der Straße dehnten sich die Äcker, und über dem schwarzen Wald ganz in der Ferne zeigte ein fahler Schein den nahenden Morgen an.

Er hob das Gesicht. Tief atmete er den herben Geruch der aufgebrochenen Erde ein. Und der helle Streifen am Horizont, er hatte etwas unsagbar Tröstendes...

Helmut Pätz

Ehe es dunkel wird

Als er das große, weiße Haus verließ, war ihm, als betrete er eine völlig neue, ihm unbekannte Welt.

Er hatte sich gefürchtet vor diesem Augenblick, der ihm endgültige Gewissheit bringen sollte. Aber jetzt war die Angst, die ihm wie ein eiserner Panzer die Brust zusammengedrückt hatte, abgefallen.

Er ging langsam. Er hatte ja Zeit jetzt, - viel Zeit. Er vernahm das Singen der Vögel im nahen Park, das leise Rauschen des Windes in den Bäumen. Er spürte die wärmenden Sonnenstrahlen auf seiner Haut und hatte für einen Augenblick lang das Gefühl, das alles sei nur für ihn da. Dennoch befiel ihn ein leises Frösteln.

"Das waren die stärksten Brillengläser, die es gibt..."
Der Arzt hatte ihn dabei so sonderbar angesehen, und er hatte es wohl auch mehr für sich selbst gesagt. Vielleicht aber waren die Worte auch gar nicht gefallen, und er selbst hatte ganz einfach die Gedanken des anderen erraten.

Ja, es waren die stärksten Gläser gewesen. Er hatte es schon lange gewusst. Der Arzt hatte dann noch viele andere Dinge gesagt, aufmunternde, tröstende, fast nichtssagende, aber hatte nicht mehr richtig zugehört. Er hatte nur einfach so dagesessen. Ein müder, alter Mann, dessen Gedanken weit weg waren, weit voraus, in einer anderen Welt, die er nun bald betreten sollte, und in die er vielleicht schon den ersten Schritt getan hatte.

Er blieb stehen und warf noch einmal einen langen Blick zurück auf das weiße Haus, das schon halb verdeckt hinter den großen Bäumen lag. Er fühlte eine leichte, nie gekannte Schwäche in den Beinen, aber dann atmete er tief durch und schritt ruhig, aber dennoch entschlossen aus. Er hatte es nicht eilig, - jetzt nicht mehr. Trotzdem wusste er, dass er keine Zeit mehr zu verschenken hatte.

Er überquerte die Straße und ging in den Park, in dem die Mütter auf den Bänken saßen und die Kinder in den Sandkästen spielten. Für einen Augenblick lang blieb er stehen. Das gehörte jetzt dazu, fand er, dieses kurze Verweilen auf dem Weg in die andere Welt...

Später dann, auf dem Nachhauseweg, fing es an, - das Abschiednehmen. Rote Dachziegel, die sich glänzend vom tiefblauen Himmel abhoben, pralle Federbetten, die sich auf kleinen Balkonen sonnten, grüne Fensterläden, hinter denen rote Geranien leuchteten... alles Dinge, um die man wusste, die man jedoch nie richtig wahrgenommen hatte, und die sich jetzt mit fotografischer Schärfe einprägten.

Stunden später, im dunklen Treppenhaus, blieb er auf einem Absatz stehen. Er überlegte. Jetzt mußte man alles genau überlegen, was man tat.

Wie würde seine Frau es aufnehmen? Wie wird sie reagieren? Wird sich auch für sie eine neue Welt auftun oder wird sie zurückbleiben wollen? Wird es so weitergehen wie in all den letzten Jahren, die sie nebeneinander, nicht miteinander gelebt hatten? Ja, sie kannten jeden Zug ihrer Gesichter, aber nicht mehr ihre Gedanken. Sie sprachen miteinander, aber ihre Worte waren ohne Freude. Aber auch ohne Hass. So viele verlorene Jahre schon.

Die Frau stand am Küchenfenster, als er die Wohnung betrat. Sie schälte Kartoffeln, und er sah nur ihren Rücken. Tagtäglich sah er sie so, wenn er zur gewohnten Stunde nach Hause kam, und er hatte es kaum wahrgenommen - bis jetzt.

Wortlos ging er in die Stube, trat ans Fenster und blickte hinaus auf die Straße. Er nahm die Brille ab und setzte sie wieder auf. Er bemerkte keine Veränderung. Noch nicht. Aber nicht mehr lange, dann würden die Farben, die er heute in ihrer leuchtenden Kraft so deutlich zu sehen glaubte, verblassen, würden übergehen in ein monotones Grau, bis schließlich auch das verlöschen würde, zerfließen in der alles gleichmachenden Farbe der Nacht.

Er wandte sich um und ging lautlos an die Küchentür. Die Frau stand noch immer so da, als schälte sie Kartoffeln, aber er sah, dass ihre Schultern zuckten wie im verhaltenen Weinen.

"Sie weiß es", dachte er, "mein Gott, sie weiß alles..."

Langsam trat er auf sie zu und legte die Hand auf ihre Schulter. Er wusste jetzt, dass er diesen schweren Weg nicht allein zu gehen brauchte...   *Helmut Pätz*

21

Ein Kind saß am Fenster

Mit fast trotzig gesenktem Kopf, ohne nach links oder rechts zu blicken, eilte er täglich durch die schmale Straße, frühmorgens und dann wieder abends, wenn er zurückkehrte.

Er arbeitete in einem Büro mitten in der Stadt. Man konnte nicht von ihm sagen, dass er unfreundlich war. Still war er und zurückhaltend. Freunde, die hatte er eigentlich nicht. Um ihn herum war etwas wie ein unsichtbarer Wall, den nichts zu durchdringen vermochte. Er saß zwischen den Kollegen - ein grauer Schatten unter lebenden Menschen. Alle kannten sein Schicksal. Woher? Er hatte kaum zu jemandem davon gesprochen, aber alle wussten von dem Verlust von Frau und Kindern durch ein tragisches Geschick, doch wagte keiner jemals mit ihm darüber zu sprechen. Und im Laufe der Jahre wich das anfängliche Mitleid allmählich einer dumpfen Gleichgültigkeit, geriet in die Mahlsteine des zermürbenden Alltags.

So reihte sich Tag um Tag wie stumpfe, blind gewordene Perlen. Ein Frühling nach dem anderen folgte langen, dunklen Wintern, doch in seinem Herzen schien sich nichts mehr zu rühren. Jeden Morgen um dieselbe Zeit betrat er das Büro, und ebenso pünktlich verließ er es wieder. Sein Zuhause, ein möbliertes Zimmer, bot ihm Bleibe für seine einsamen Nächte, - sonst nichts.

Was also mochte ihn veranlassen, eines Tages dennoch aufzublicken in dieser kleinen, stillen Straße? War es ein herabfallendes welkes Blatt oder ein unerwarteter Vogellaut? Etwas Unerklärliches berührte ihn wie ein geheimnisvoller Ruf, der nur ihm allein galt. - Und dann sah er es, - das Kind am Fenster. Ganz still hockte es da und blickte ihn an aus großen, dunklen Augen. Seine Hand hob sich unwillkürlich wie zu einem Gruß, doch schnell, unwillig fast, senkte er den Kopf und schritt weiter. Am nächsten Tag ging er, ohne aufzusehen, an dem Haus vorüber.

Aber die Verlassenheit, die aus den Augen des Kindes sprach, ließ ihn einfach nicht mehr los. Da war plötzlich etwas in sein Leben getreten, eine ganz leise und dennoch beängstigende Unruhe, die er vergeblich mit den alltäglich gewordenen Gewohnheiten seines Lebens zu verdrängen versuchte.

Und jeden Tag um dieselbe Zeit saß das Kind am Fenster. Und wartete. Ja, das war es, auf einmal war er da ganz sicher. Es gab jemanden, der auf ihn wartete. Das ernste, kleine Kindergesicht leuchtete auf, wenn es die graue, unscheinbare Gestalt um die Ecke kommen sah. Und ein winziges Lächeln in dem Gesicht des Mannes nistete sich ein, verstärkte sich, trat immer mehr hervor, bis schließlich ein wundersames Strahlen sein Gesicht erhellte.

Und so vollzog sich ganz langsam und behutsam das Wunder eines Menschen aus dem Schattendasein seiner qualvollen Erinnerungen. Zum ersten Mal sah er sich mit den Augen eines Lebenden in seinem Zimmer um, sah die Bilder der Vergangenheit ohne jene jahrelange Verzweiflung und ohnmächtige Trauer. Und die Wunden begannen sich zu schließen...

Man sieht ihn jetzt oft auf der Straße, den Mann, wie er das gelähmte Kind in dem Rollstuhl behutsam vor sich schiebt.

Helmut Pätz

Ein ganzes Leben lang

Als es leise und zaghaft an der Tür klopfte, wusste er gleich, wer es sein könnte, und er lächelte. Und dann traten sie ein, die beiden alten Leutchen, zögernd und zweifelnd, wie immer.

Sie waren schon oft bei ihm gewesen. Sie hatten eigentlich nie viel gesprochen, nur ein Mal einen

Wunsch vorgetragen, einen Wunsch, von dem sie wohl kaum erwarteten, dass er sich jemals erfüllen würde. Später dann hatten sie sich hin und wieder nach dem Stand der Dinge erkundigt, immer sehr bescheiden, zaghaft fast und ängstlich. War es die Ratlosigkeit in den beiden vom Leben gezeichneten Gesichtern, die Hilflosigkeit, die von ihnen ausging, von den müden, verarbeiteten Händen, von der abgetragenen und doch sauberen Kleidung? Er wusste es nicht, aber irgendwie mochte er sie. Vielleicht aber war es auch wegen des Wohnwagens...

Er sei schon recht alt, die Farbe schon fast überall abgeblättert, und man spüre den Wind durch die winzigen Fensterchen, - so hatten sie geklagt. Ein ganzes Leben hatten sie nun darin zugebracht - ein ganzes Leben, aber jetzt seien sie alt und brauchten endlich einmal ein festes Dach überm Kopf.

Er hatte sich damals alles genau notiert und vorgenommen, sich in diesem Fall ganz besonders einzusetzen. Und das war gar nicht so leicht gewesen, denn es waren ihrer viele, und nur einigen wenigen konnte geholfen werden. Es gab eben immer noch viel zu wenig Wohnungen in den neuen Renterheimen für zu viele alte Menschen.

Er wies auf die Stühle, und die beiden Alten setzten sich vorsichtig auf eine Ecke.

"Ja", sagte er dann, "ich kann Ihnen eine freudige Mitteilung machen. Es hat geklappt. Wir haben jetzt eine hübsche Wohnung für Sie. Zwei Zimmer, mit Küche und Bad... und noch nicht einmal zu teuer." Und nun lächelte er wirklich und war gar nicht mehr dienstlich. "... ich freue mich mit Ihnen..."

Er sah sie erwartungsvoll an, und fast war er ein wenig enttäuscht, dass ihre Reaktion nicht spontaner und freudiger war.

"Nun?" fragte er, und seine Stimme klang schon eine Spur distanzierter.

Da stand der Alte auf, ganz langsam, und machte einen Schritt auf ihn zu, wobei er sich schwer auf seinen Handstock stützte.

"Sie meinen es so gut mit uns. Wir wissen, dass Sie uns helfen wollten... meine Frau und ich... bestimmt, das wissen wir..."

"Ja... und ich freue mich, dass ich etwas für Sie tun konnte..."

Der Blick des Alten flehte um Verständnis, und er schluckte einige Male. Er wollte noch etwas sagen, aber da hatte sich der andere schon wieder abgewandt, um die Papiere fertigzumachen. Da trafen sich die Blicke der beiden Alten. Sie verstanden sich ohne Worte, und auch ihre Gedanken, die jetzt weit zurückwanderten, waren dieselben...

Ein ganzes Leben hatten sie zugebracht in dem Wagen, viele, viele Jahre. Ganz am Anfang, da war es der Zirkus gewesen. "Carlos und Andrea mit dem Einrad auf dem Drahtseil". Eine ganz große Nummer waren sie damals, - bis der verhängnisvolle Sturz kam. Als man ihn aus dem Krankenhaus entließ, war sein Bein ein Stück kürzer geworden. Und alles war vorbei. Aber der Wagen, er blieb ihnen. Er war der schönste weit und breit. Schausteller waren sie nun geworden, zogen von Stadt zu Stadt, von Jahrmarkt zu Jahrmarkt, von Kirmes zu Kirmes. Immer war um sie das Geschrei der Ausrufer, das Geklingel der vielen Karussells und das Kreischen und Jauchzen der Kinder. Nein, reich waren sie nicht geworden dabei, aber immer glücklich und zufrieden. Doch allmählich wurden sie älter - und mit ihnen auch der Wagen. Die Farben waren nicht mehr so leuchtend wie früher, alles wurde ein wenig grau und rissig, und ihre Kraft reichte nicht mehr aus, um noch einmal wieder neu anzufangen. Ihre Welt, ihre geliebte kleine Welt, sie war Vergangenheit geworden.

Nur drinnen im Wagen, da war es immer noch so gemütlich wie früher. Viele Bilder hingen an den Wänden, vergilbte Fotos von ihrer Drahtseilnummer und den vielen Jahrmarktsattraktionen, die schon längst keine mehr waren... Und wenn sie dann in ihren Schaukelstühlen saßen, abends und es ringsumher ganz dunkel war und still, dann war ihnen mitunter, als hörten sie in der Ferne das Lachen der Kinder und das vertraute Gedudel der Karussellmusik...

Jetzt stand auch die Frau auf. Sie trat zu ihrem Mann und nahm seine Hand. Sie machten beide einen Schritt zurück, und es sah beinahe so aus, als wollten sie fliehen.

"... verzeihen Sie", sagte sie leise, aber fest, und der Mann nickte zustimmend, "Sie können das sicherlich nicht verstehen, aber wir können nicht mehr woanders leben... bitte, entschuldigen Sie, dass wir Ihnen so viel Mühe gemacht haben..."

Beim Hinausgehen sahen sie sich noch einmal um, und in ihren Blicken lag so viel Hilflosigkeit wie nie zuvor. Dann fiel die Tür hinter ihnen zu.

Betroffen sah der Beamte ihnen nach. Nein, er verstand absolut nichts. Mechanisch schlug er die nächste Akte auf. Aber es gelang ihm nicht, sich

darauf zu konzentrieren. Eine tiefe
Nachdenklichkeit hatte sich seiner bemächtigt.
Helmut Pätz

Es lag in seiner Hand

Er stand am Fenster.
Die Dunkelheit hatte sich über die Stadt gelegt wie
eine alles zudeckende, beruhigende Hand, und die
Schatten tasteten sich behutsam bis in den letzten
Winkel. Nur tief unten, wo eben die Sonne
untergegangen war, stand über den Dächern ein
heller Fleck.
Jetzt erst merkte er, dass er das leere Glas noch in
der Hand hielt. Er wandte sich um und stellte es
auf den Tisch, Es hatte keinen Sinn. Die ersten ein,
zwei Gläser hatten ihn etwas beruhigt, aber gleich
kam der Ekel wieder, die Enttäuschung.
Sein Lebenswerk - die Arbeit vieler Jahre!
Durchgrübelte Nächte, unzählige Stunden über
Berechnungen, angefüllt von anstrengenden
Überlegungen. Pläne, die gefasst, geändert, wieder
verworfen wurden. Eine Zeit, angefüllt mit harter
Arbeit, an deren Abschluss aber auch der Stolz am
Gelungenen stand.
Als sei es gestern gewesen, sah er Bergströms
Gesicht wieder vor sich, als er ihm die Pläne
vorgelegt hatte.
"... bedenken Sie die Produktionssteigerung, Herr
Bergström... und, was das Wichtigste überhaupt ist,
eine nach menschlichem Ermessen fast hundert-
prozentige Sicherheit! Sie wissen, was das für eine
Raffinerie bedeutet."

Bergström hatte zufrieden genickt, war aufgestanden und hatte ihm die Hand auf die Schulter gelegt. "Ich wusste, dass ich mich nicht in Ihnen getäuscht habe..."

Wenige Tage später hatte er ihn wieder zu sich rufen lassen. Eine ganze Weile hatte er ihn bedauernd angesehen. "... tut mir leid, der Aufsichtsrat hat abgelehnt..."

Er stand wie gelähmt. "Abgelehnt? Das ist doch nicht möglich... Aber Sie selbst, Herr Bergström, Sie selbst haben doch..."

Begütigend hatte Bergström ihm zugelächelt. "Ich bin auch nach wie vor für Ihre Pläne. Ganz bestimmt, mein Lieber. Ich bin auch dafür eingetreten. Aber ich allein kann da leider gar nichts machen. Die Herren vom Aufsichtsrat sind eben auch scharfe Rechner. Die Verwirklichung Ihrer Vorschläge würde den Etat unserer Gesellschaft um etliche Millionen belasten..."

Er war noch immer fassungslos. "Aber die Sicherheit... Bedenken Sie doch die Sicherheit..."

Bergström öffnete die Zigarrenkiste. "In all den Jahren ist noch nicht das Geringste passiert..."

Er war einen Schritt vorgetreten. "Dann muß ich jede Verantwortung für die Sicherheit von Betrieb und Funktion ablehnen..."

Bergström hatte ihn wieder angesehen, schweigend. Die Zigarrenkiste klappte wieder zu, und der harte Klang hing noch im Raum, als er ihn schon verlassen hatte.

Es war schon Nacht, als das Telefon durch den dunklen Raum schrillte. Auf einmal hatte er das Gefühl, dass es schon eine ganze Weile geklingelt hatte und dass er es erst jetzt wahrnahm. Er hatte wohl doch zuviel getrunken. Rote Nebel hingen vor seinen Augen. Er rieb mit der Hand über die Stirn.

Das Telefon schrillte weiter, feindselig, unbarmherzig. Langsam tastete er sich an den Schreibtisch und meldete sich mit belegter Stimme.

"... kommen Sie schnell, Herr Oberingenieur... die automatische Zufuhr zur Kontaktanlage ist ausgefallen..."

Dann brach die Verbindung plötzlich ab. Er stand wie angewurzelt. Er wollte zurückrufen, wählte, aber nur das Leerzeichen tönte ihm entgegen.

Die Zufuhr zur Kontaktanlage! Wenn das Gas weiterströmte... eine halbe Stunde, und das Gemisch war hochexplosiv... eine halbe Stunde höchstens...

Er musste hin. Kein anderer kannte die Anlage so wie er. Sofort musste er hin...

Er stützte sich schwer auf den Schreibtisch. Ins Hauptwerk zurückrufen und einen Dienstwagen anfordern? Ein Taxi rufen? Nein, das alles hätte viel zu viel Zeit gefordert.

Auf einmal arbeitete sein Gehirn wieder eiskalt. Er musste selbst fahren! Er hatte getrunken - und das nicht mal wenig. Aber es gab keine andere Möglichkeit. Er musste es riskieren. Mit allen Konsequenzen.

Er jagte durch die Nacht. Seine Hand umklammerte fast schmerzhaft das Steuer. „Ich muss es schaffen...“

Er raste über die große Bogenbrücke, ließ den dunklen Fluss hinter sich zurück. Im schwarzen Himmel vor ihm stand der ständige Abfackelschein der Raffinerie.

Und dann geschah es. Neben ihm der bläulich blinkende Schein, das Heulen eines Polizeiwagens. Wie ein Faustschlag ins Gesicht traf es ihn. Er hielt mit kreischenden Bremsen, zwei Meter vor dem Polizisten, der vor ihm auf der Straße stand.

Hoffentlich kann ich ihnen klarmachen, worum es geht, dachte er verzweifelt.

"Ihren Führerschein, bitte... Sie sind zu schnell gefahren und haben außerdem einige Male die Kurven gefährlich geschnitten..."

Er nickte. "Ich weiß... und außerdem habe ich getrunken... aber hören Sie..." Er legte die Hand auf den Arm des Polizisten. Und der hörte zu. Und begriff. Zusammen stiegen sie in das Polizeiauto und jagten mit Blaulicht und Sirenengeheul dem Werk entgegen.

Eine halbe Stunde später taumelte er, ölverschmiert und mit zerrissener Jacke aus der Halle. Jetzt auf einmal verspürte er eine bleierne Müdigkeit. Er lehnte sich mit dem Rücken gegen die Mauer. Aus dem Schatten der Kesselwagen, die auf den Gleisen standen, kamen drei Männer auf ihn zu.

Die beiden Polizisten. In ihrer Mitte Bergström.

Er richtete sich auf und ging ihnen entgegen.

"Alles in Ordnung..."

Bergström gab ihm die Hand. "Ich danke Ihnen", sagte er, "und selbstverständlich werde ich jetzt I h r e   P l ä n e   m i t   a l l e m   N a c h d r u c k   z u r Verwirklichung zu bringen versuchen. Ich danke Ihnen nochmals, was sie trotz allem für uns, für das Werk getan haben..."

Er zuckte die Schultern. "Für das Werk?" Seine Stimme wurde jetzt so müde, dass man ihn kaum noch verstand. "Das Werk ... Aber da drüben, zehn riesige Rohöltanks... kaum fünfzig Meter weg, auf der anderen Seite des Flusses die Siedlung... Frauen, Kinder, Menschen, alle tief im Schlaf..." Er ging auf die beiden Polizisten zu. "Meine Herren... sie brauchen keine Blutprobe zu machen... es war eine halbe Flasche, ziemlich genau eine halbe Flasche..."

Helmut Pätz

Hinter jenen hohen Mauern

Der Mann trat aus dem spärlichen Schein der Straßenlaterne und ließ die letzten Häuser am Rande der Stadt hinter sich zurück. Mit ruhigen, zugleich aber tastenden Schritten überquerte er die Eisenbahngleise. Abgestellte Waggons tauchten wie letzte Hindernisse vor ihm auf. Dann nahm die Dunkelheit seinen Schatten in sich auf. In der Luft hing das Rauschen der Bäume und das dumpfe Schlagen der Brandung.

Er kannte den Weg von früher. Niedriges Gebüsch schlug gegen seine Beine, aber er schritt jetzt aus, ohne zu zögern. Er ging über den schmalen, steingepflasterten Weg und trat ganz nahe ans Ufer. Eine ganze Weile blickte er hinüber. Vereinzelte Lichter tanzten von drüben her auf dem Wasser. Unter ihm rollten die flachen Wellen gegen die Böschung aus Quadersteinen und trieben nur widerwillig wieder in die See hinaus.

Und dann sah er den Schatten neben sich. Nur wenige Schritte trennten ihn von der schmalen, dunklen Gestalt. Stumm, reglos in sich verharrend, stand der andere, die Hände um das kalte, rostige Geländer verkrampft.

Er wusste nicht, was er tun sollte. Er fühlte sich herausgerissen aus seiner Einsamkeit, herausgerissen aus dem Singen des Windes, der von See herkam, losgelöst vom Ruf des Meeres, der auf einmal zu verstummen schien.

Der Junge neben ihm rührte sich nicht, als hätte er ihn noch gar nicht bemerkt. Er aber wusste, weshalb der hier stand. Er schien ganz allein zu sein in einer Welt, in der es nur noch ihn gab und jenes Unvorstellbare, mit dem er nicht fertig wurde.

Er hatte davon gehört. Vor noch gar nicht allzu langer Zeit war es gewesen. Eine junge Frau. Aber es war zu spät gewesen. Als man sie herauszog, war sie schon tot.

Er trat einen Schritt näher. "Zigarette?"

Der andere blickte nur kurz auf, sagte aber nichts und wandte sich wieder ab. Er selbst zündete sich eine an und warf das brennende Hölzchen ins Wasser, wo es zischend erlosch. Dabei warf er einen schnellen Seitenblick auf den anderen. Sehr jung schien er, fast ein Kind.

"Manchmal ist es nicht gut, allein zu sein", sagte er dann.

"Lassen Sie mich in Ruh'". Aus der Stimme des Jungen klang Hass und Ablehnung,

und er spürte, dass er das Richtige getroffen hatte.

Er starrte auf die Sterne, die sich kaltflimmernd im schwarzen Wasser spiegelten, und tat einen tiefen Zug. "... wegen eines Mädchens?"

Der Junge gab keine Antwort, und so standen sie schweigend nebeneinander. Er wusste nicht, wie er es anfangen sollte.

"Du machst dir das zu leicht", sagte er nach einiger Zeit. "Man wirft das hier nicht wo weg wie... wie..."Er suchte vergeblich nach Worten, machte dann eine Handbewegung, die alles einschloss.

"Es geht Sie nichts an..." der Junge reagierte feindselig, aber er war schon froh, dass er überhaupt reagierte.

"Das denkst du." Er legte die Hand auf den schmalen Arm. "Nur weil dein Leben einmal anders verläuft, als du es dir vorgestellt hast, willst du es gleich wegwerfen... Du, ich kenne welche, die würden, wer weiß was, dafür geben, dieses alles hier noch einmal zu sehen, dieses Wasser mit den tanzenden Lichtern darauf, möchten noch einmal diesen salzigen Geruch von See her in sich hineinpumpen... Für die gibt es nämlich nur ein schmales Rasenstück. Ein paar Schritte hin, ein paar Schritte zurück. Eine halbe Stunde lang. Vor dir einer, hinter dir einer. Wortlos. Und das Gras ist nicht einmal grün, weil die Sonne da nicht hinkommt. Die Mauern sind zu hoch, weißt du. Und du siehst nur ein Stückchen Himmel meistens ist er grau, weil Wolken davor sind. Und das alles nur eine halbe Stunde lang, einmal am Tag. Dann packt dich der Gedanke, und er macht dich ganz verrückt: Das da draußen alles noch einmal zu sehen, das Leben da hinter den Mauern, es zu sehen und zu leben, wie du möchtest... du würdest es nicht mehr wegwerfen wollen..."

"Wo ist das?" fragte der Junge.

Er senkte die Stimme fast zu einem Flüstern. " und es gibt welche, die kommen überhaupt nicht wieder raus. Aber selbst wenige Jahre genügen schon, um dich kaputtzumachen im Knast..."

Wieder standen sie schweigend nebeneinander. Die Zeit schien stillzustehen.

"Komm", sagte der Mann dann ruhig und legte die Hand auf die Schulter des Jungen. "Komm mit zurück..."

Das Unterholz brach unter ihren Schuhen, und der Lichtschein der Stadt kam näher. Sie sprachen nicht mehr miteinander, auch nicht, als der Junge an der Endstation in die letzte Straßenbahn stieg. Er stand ganz hinten und für einen Augenblick sah der Mann das blasse Gesicht unter dem dunklen Haarschopf.

Aus einem Vorstadtlokal drangen Gelächter und vom Wind zerfetzte Disko-Musik. Er stand unschlüssig und lauschte dorthin, von wo die See nach ihm griff mit ihrem Rauschen und dem salzigen Wind.

Dann ging er weiter, den Kopf gesenkt, die Hände zu Fäusten geballt in der Manteltasche.

Die Flucht war zu Ende. Noch heute Abend würde er sich stellen...

Helmut Pätz

Ich ging ihm nach

Ich hatte geschlafen.

Ein kühler Luftzug weckte mich, als der Bus hielt, um einen einzigen Fahrgast an dieser entlegenen Station einsteigen zu lassen. Ohne irgend jemanden zu beachten, trottete er zum Führersitz und legte sich daneben nieder. In der wohligen Wärme der Motornähe war er bald sanft entschlummert.

Es war weiter nichts Besonderes an dem neuen Fahrgast, außer dass er ein Hund war. Kahle Flecken in dem zottigen Fell zeigten mir, dass er nicht mehr der Jüngste war. Niemand außer mir schien von ihm Notiz zu nehmen, und auch der Busfahrer strich ihm nur kurz einmal über den Kopf. Dennoch erschien es mir seltsam, dass man offenbar nur seinetwegen hier angehalten hatte und dass er ohne Begleitung war.

So blickte auch ich denn wieder hinaus auf die vom Pflug aufgebrochenen Äcker, über denen die ersten Nebelschwaden aufstiegen. Aber ich konnte nicht wieder einschlafen.

Schon zwei Stationen weiter erwachte der Hund aus seinem kurzen Schlummer, und der Fahrer hielt an, um ihn aussteigen zu lassen.

Einer plötzlichen Eingebung folgend, erhob ich mich und verließ ebenfalls den Bus. Ich war neugierig geworden, und da ich zufällig Zeit hatte, folgte ich ihm.

Wir standen jetzt nebeneinander an der Autostraße. Auch jetzt noch schien er mich nicht zu bemerken. Als die Fahrbahn frei war, lief er schnell hinüber. Ich ging ihm nach. Für einen Augenblick stand ich unschlüssig vor dem großen, schmiedeeisernen Friedhofstor. Ich sah, wie er den Hauptweg entlanglief, an den dunklen Pappeln und Tannen vorbei, geradewegs auf die kleine Kapelle zu.

Er schien genau zu wissen, wohin er wollte.

Im Windschatten der Kapelle blieb ich stehen. Ich sah, wie er mit einem mächtigen Satz über eine Buchsbaumhecke sprang. Vor einem ungepflegten Grabplatz mit einem kleinen Stein blieb er stehen, beschnüffelte die welken Blumen, ließ sich nieder und legte den Kopf auf die Pfoten. So verharrte er regungslos.

Ich trat vorsichtig näher.

"Ja... er ist unser treuester Besucher", sagte da jemand.

Neben mir stand in gebückter Haltung der Friedhofsgärtner. Er beschnitt gerade eine Hecke.

Ich begriff nicht. "Der treueste?"

Der andere richtete sich auf, nickte, und wies mit der Hand auf das Tier.

35

"Tag für Tag kommt er her. Immer um dieselbe Zeit. Seit sein Herr hier begraben liegt. Vor einem halben Jahr war das. Der Mann war blind, wissen Sie. Als wir ihn beerdigt hatten, blieb der Hund hier auf dem Grab liegen. Drei Tage und drei Nächte wich er nicht vom Platz. Da halfen keine Bitten und auch keine Befehle. Schließlich folgte er dann aber doch dem alten Martin, einem Eigenbrötler aus seinem Heimatdorf, der sich auf Hunde besser versteht als auf Menschen. Doch tagtäglich kehrte er zurück an das Grab seines Herrn, und jedes Mal musste der alte Martin ihn wieder holen."

Ich sah hinüber zu dem Hund, der einmal schläfrig auf blinzelte.

"Und was geschah dann?"

"Eines Tages wäre er dem Bus beinahe in die Räder gelaufen. Seitdem nimmt der Fahrer ihn immer mit, pünktlich zur Abfahrtszeit steht der Hund an der Haltestelle. Eine komische Geschichte, was? Dass es so etwas noch gibt in unsrer Zeit..."

Der Alte beugte sich wieder über seine Arbeit. "... aber der Hund," murmelte er, "der Hund, er ist der Treueste von allen..."

Nach einer halben Stunde ungefähr erhob das Tier sich plötzlich, schüttelte sich kurz, trottete an mir vorbei und ging denselben Weg zurück. Dieses Mal folgte ich ihm nicht. Wozu auch? Ich kannte ja jetzt seine Geschichte. Die Geschichte eines Geschöpfes, das den Begriff "Treue" wohl nur zu erahnen vermochte, das aber für diese Treue leben würde bis an sein eigenes Ende.

Helmut Pätz

Nur ein Hund

An der Kreuzung nach Steinach standen am Straßenrand einige Leute. Sie sprachen aufgeregt miteinander.

Berger ließ den Wagen langsam ausrollen.

Hoffentlich kein Unfall, dachte er beunruhigt. Er blickte in den Rückspiegel. Sein Wagen war zur Zeit der einzige auf der Straße hier. Er seufzte auf. Man war ja verpflichtet zu helfen. Dabei hatte er in einer halben Stunde eine wichtige Verabredung.

Als der Wagen stand, stieg er aus und ging auf die Menschen zu. Es waren zwei Männer und eine Frau. Zwischen ihnen im Gras hockte ein kleiner Junge, der sich über einen Hund beugte. Das Tier lag regungslos da.

"Was ist los?" fragte Berger, erleichtert, dass es kein Mensch war.

Einer der beiden Männer wandte sich um, sah ihn an, dann den Wagen, der einige Meter zurück am Straßenrand stand. "Der Hund... angefahren von einem Auto..."

Die junge Frau trat zu ihnen. "... der Junge ging mit dem Hund ganz nahe am Straßenrand. Ebenso hätte es den Jungen erwischen können..." In ihrer Stimme klang die Aufregung mit, und Berger spürte deutlich den Vorwurf daraus, der irgendwie auch ihm galt.

Der Junge weinte. Immer wieder strich er mit der Hand über das feuchte Fell des Tieres. Es war ein kleiner, struppiger, unscheinbarer Hund.

"Pass nur auf, dass er dich nicht beißt", sagte die Frau, "verletzte Hunde können gefährlich werden... nicht wahr?"

Berger nickte. "Ja, sie sind dann unberechenbar... lebt das Tier überhaupt noch?" fragte er dann, nur um etwas zu sagen. Er war wirklich froh, dass es kein Mensch war, um den es hier ging. Man brauchte nicht zu helfen. So etwas brachte immer eine Menge Scherereien mit sich, und seine Zeit war knapp.

"... es dauert nicht mehr lange", sagte einer der Männer. "Der ist sowieso gleich hin..."

Der Junge weinte laut auf. "Bitte, helfen Sie ihm doch..." Er sah sie alle zugleich dabei an. Dann beugte er sich wieder über das Tier, und man sah nur seinen schmalen Rücken, der in verhaltenem Weinen zuckte. Berger entdeckte an der Schnauze des Hundes eine schmale Blutspur. Die Flanken bewegten sich nur noch schwach und unregelmäßig.

Innere Verletzungen wahrscheinlich..." sagte er und wandte sich wieder ab. Helfen? Sinnlos! Nichts mehr zu machen. Wozu da noch die guten Polstersitze ruinieren?

Er ging zum Wagen zurück, blickte nach oben und hoffte, dass es keinen Regen geben würde. Dann stieg er ein. Während der Fahrt starrte er über den Kühler des Wagens hinweg die Asphaltstraße entlang, bis ganz hinten an den schwarzen Waldstreifen...

Wald... unendlich, schwarzer Wald.

Auf einmal war er weg, weit weg, in einer Zeit, die viele, viele Jahre zurücklag. Um ihn war auch Wald, undurchdringlicher, schwarzer Wald in den Weiten eines fernen Landes.

Er war allein. Er lag im Unterholz, die Schulter von einer feindlichen Kugel zerschmettert. Er lag ganz still. Er wusste nicht, wie lange er schon so gelegen hatte. Die grüne, dämmrige Helligkeit des Tages war dem tiefen Dunkel der Nacht gewichen. Er fühlte, dass er Fieber hatte. Er war wach, aber er konnte nicht mehr klar denken...

Auf einmal fühlte er eine Hundeschnauze, eine feuchte, kalte Hundeschnauze. Sie stieß gegen sein Gesicht, immer wieder, und der warme Atem des Tieres streifte ihn. Ein großes, scharfes Gebiss packte den Uniformstoff über seiner Brust. Er fühlte sich weggezerrt durch knackendes Unterholz. Dann war da die beglückende Nähe eines Menschen und die Feldflasche, die jemand an seine rissigen, fiebernden Lippen presste.

Er hatte den Sanitätshund nie gesehen, der ihm in jener Nacht das Leben gerettet hatte. Bestimmt aber war es ein großer, prachtvoller Schäferhund gewesen, ganz anders als das kleine, armselige Bündel da am Straßenrand, das da vielleicht gerade sein bisschen Leben aushauchte.

Wie ein Blitz durchzuckte es ihn. Auf einmal war ihm klar, dass ihm hier eine Rechnung vorgelegt worden war. Und die musste er begleichen.

Er wendete den Wagen und fuhr zurück.

Er dachte nicht mehr an seine geschäftliche Verabredung, und er dachte auch nicht mehr an die teuren Polstersitze. Er dachte nur noch an einen endlosen, nächtlichen Wald in einem fernen Land vor vielen, vielen Jahren, er dachte an seine eigene Hoffnungslosigkeit, damals, und dann an den kleinen unscheinbaren Hund, wie er jetzt da lag, hilflos, verletzt, und dem nichts blieb als die Tränen einen kleinen, schmutzigen Jungen.

"... wenn mich nicht alles täuscht", überlegte er, "steht ein paar Kilometer weiter das Praxisschild eines Tierarztes..."

Und sein Fuß trat hart auf das Gaspedal.
Helmut Pätz

Nur zwanzig Schritte noch...

Heute würden sie kommen. Der Tag war danach.
Der alte Shuro trat vor die Tür. Unbeweglich stand er und witterte gegen den Wind, der, schwer und nachtfeucht noch, langsam vom Tal her auf ihn zukroch. Es war ein besonderer Wind, und er roch nach Gras.
Shuro wusste, dass sie heute kommen würden. Der Wind brachte sie mit. Fünf, sechs, - vielleicht auch zehn. So viele könnten es sein. Einzeln würden sie kommen, in Abständen. Sie wollten allein sein mit sich, ganz allein, und noch ein Gebet sprechen, oben, ehe sie es dann taten. Ihr Weg führte hier vorbei an seiner brüchigen, ausgedörrten Holzhütte, dem einzigen Gasthaus hier oben. Sie würden zu ihm herüberblicken. Aus ernsten, traurigen Gesichtern, die einen - voll freudiger Zuversicht die anderen. Einen letzten Gruß würden sie mit ihm wechseln, ein paar Worte, und ihn fragen, ob das hier der richtige Weg sei. Der eine oder der andere würde auch ein Glas Tee oder einen Reisschnaps trinken, um sich zu stärken für den weiteren mühevollen Aufstieg über steiniggraue, kahle Lavahügel, deren scharfkantige Rinde die Schuhsohlen zerschnitt. Er selbst stand dann da und sah seinem Gast nach, wie er immer kleiner wurde und schließlich eintauchte in die blauschattige Silhouette des Bergkegels, hinter dem noch die tiefe Morgensonne stand, eingebettet in einen sanft rötlichen Himmel.

Manchmal kamen auch welche zurück. Er wusste das. Er sah ihnen an, wer zurückkommen würde. Er täuschte sich selten. Seit über dreißig Jahren hockte er hier am Fuße des Berges und sah sie vorbeigehen. Männer und Frauen, jüngere zumeist. Er lebte davon, dass hin und wieder einer von ihnen ein Glas Tee bei ihm trank oder einen Reisschnaps oder, wenn wirklich einmal einer zurückkehrte, ein kleines Reisgericht bestellte. Er setzte sich dann dazu, und sie saßen schweigend beieinander.

Schon von weitem sah er den ersten näherkommen. Er eilte nach drinnen und stellte den Wasserkessel auf den Ofen, dann ging er wieder vors Haus.

Es war ein junger Mensch, ein Kind fast noch. Barhäuptig und langsamen Schrittes kam er heran. Er blieb vor dem alten Mann stehen und sah ihn aus schwarzen, mandelförmigen Augen an. Sein Atem ging keuchend...

Als er wenig später das Glas mit dem dampfenden Tee in der Hand hielt, fragte Shuro, ob er es sich denn auch gut überlegt habe, und ob er wirklich glaube, dass es keinen anderen Weg für ihn gäbe als diesen. "... du weißt doch, dass es der letzte ist..."

Der junge Mensch nickte und setzte das Glas für einen Augenblick ab. " Es
ist wegen Sai..."

Und Shuro erfuhr, dass Sai und er hatten heiraten wollten. Aber das Mädchen sei plötzlich von einer heftigen Krankheit befallen, und in wenigen Tagen hätten die Götter sie zu sich geholt. Er aber könne und wolle nicht ohne sie leben. Da er jedoch wisse, dass der Mihara alle die, die sich liebten, wieder zusammenführe, wenn sie nur stark genug daran glaubten, sei er hierhergekommen.

Shuro wiegte den Kopf. "Man sagt das... und du bist sicher, dass Sai auf dich wartet? Wieder nickte der andere.

Da nahm Shuro sich selbst auch ein Glas Tee und hockte sich neben dem Jungen auf die Matte. Und dann erzählte er ihm von Sumi und dass sie schon miteinander verheiratet waren und dass sie starb, als das Kind kam. Auch er sei unglücklich gewesen, todunglücklich, und auch er habe keinen anderen Ausweg mehr gewusst, damals, als sich auf den weiten Weg zu machen von der kleinen Insel, wo Sumi und er gelebt hatten, nach hierher. Auch er habe die Götter des Mihara angefleht, Sumi und ihn wieder zu vereinen. Dann aber, als er noch einmal ganz stark an sie dachte und sie ganz nahe und in voller Lebensgröße vor sich sah, seien ihm Zweifel gekommen. Wollte sie ihn wirklich zu sich holen oder ihn gar ein letztes Mal warnen, diesen Schritt zu tun, den er nie wieder rückgängig hätte machen können? Und dann auf ein Mal war ihm bewusst geworden, dass Sumi nur dann noch lebte, wenn er an sie dachte. Sie lebte in seiner Erinnerung. Wenn er starb, würde auch sie sterben. Endgültig.

Er sei also hiergeblieben, um an Sumi zu denken und hinauf blicken zu können, jeden Tag, zum Gipfel des Berges. Jetzt sei er ein alter Mann geworden, und er und der knorrige, blattlose Baumstamm dort neben seiner Hütte seien das einzig Lebende hier oben, wo nichts gedeihe sonst in diesem giftigen Atem des Mihara, der einem die Brust schmerzen ließ, wenn der Wind umschlage.

"Überlege es dir gut", sagte er und erhob sich. "Wenn du zwanzig Schritte vorm Krater bist, musst du es wissen. Dann gibt es kein Zurück mehr. Die heißen Höllenwinde packen dich wie die Faust eines unsichtbaren Riesen."

Der junge Mensch ging wortlos davon. Shuro stand in der Tür und sah ihm nach. Er war traurig. Er dachte an die schwarzen, mandelförmigen Augen mit einer unerfüllbaren Sehnsucht darin, und er wusste, dass er einer von denen war, die nicht mehr zurückkehrten...

Da hörte er in der Ferne den Bus. In der letzten Zeit kamen viele Touristen hierher. Er mochte sie nicht, diese Neugierigen, die seine Ruhe störten, nein, er mochte sie ganz und gar nicht. Es schien, als spürten sie das und mieden ihn und sein Haus.

Er wandte sich ab und ging hinein.

Helmut Pätz

Regennacht

Es regnete in Strömen. Er musste sich beeilen. Um Mitternacht kam der letzte Bus. Er wusste, was es hieß, bis zum Morgengrauen irgendwo warten zu müssen und sich bestenfalls einige Schritte vertreten zu können. Er klemmte den Geigenkasten fest unter den Arm und schritt verdrossen aus.

Seine Hand glitt ins Jackett. Das Geld war noch da... Gott sei Dank! Wer wusste schon, wie lange er dieses Mal damit auskommen musste? Erstmal aber war es aus - Bromme hatte ihnen den Abschied gegeben. Drei Tage hatte sie vor leerem Haus gespielt, dann hatte er gesagt, es hätte keinen Sinn mehr. Sie sahen es selbst ein, wenn sie es auch nicht zugaben. Ein Drittel der vereinbarten Summe hatte er ihnen gezahlt und versprochen, im nächsten Jahr wieder an sie zu denken. Lächerlich - keiner von ihnen war unter fünfzig, wer würde sich im nächsten Jahr ihrer noch erinnern?

Windgepeitschter Regen wischte über sein Gesicht. Der Schlagzeuger und der Pianist waren auf ihren Mopeds nach Haus gefahren. So ein Moped war praktisch. Man war unabhängiger. Besonders gute Musiker waren sie nicht, die beiden, aber sie hatten ein Moped. In einer Regennacht wie dieser, weitab von der Stadt, war es nicht wichtig, ein guter Musiker zu sein. Was nützte es schon, vor zwanzig Jahren einmal im Rundfunk gespielt oder gar an Stelle des erkrankten Dirigenten das Staatliche Sinfonieorchester geleitet zu haben? Der Applaus von damals klang noch in seinen Ohren, und er sah wieder vor sich das glückstrahlende Gesicht seiner Tochter, als sie ihm den riesigen Blumenstrauß überreichte... Vorbei, längst vorbei, das alles!

Jetzt spielte man in Brommes abgelegenem Ausflugslokal, hatte drei Monate vereinbart und wurde nach zwei Wochen wieder an die Luft gesetzt. Kein Gast, der zuhörte - und doch hatten sie gespielt. Am hintersten Tisch in der Ecke hatte mit übergeschlagenen Beinen der Kellner gesessen und fortwährend gegähnt. Schluss! Vorbei! Und das Geld? Es reichte vielleicht gerade für einen neuen Wintermantel für die Frau...Seine Schuhe versanken im Schlamm des Feldweges. Zu beiden Seiten verloren sich Äcker und Wiesen in rauschender Dunkelheit.

Als er die Straße erreichte, tauchten in der Ferne die Lichter des Überlandbusses auf.

Helmut Pätz

44

Abschied vom Sommer

Man versuche nicht den Einwand, der Frühling sei gleich vom Herbst abgelöst worden. Einen Sommer, einen richtigen Sommer, habe es in diesem Jahr doch gar nicht gegeben. Bislang war das auch mein Eindruck. Er war total verregnet, kühl, und ein ständiger Wind hatte tief liegende, dunkle Wolkenfetzen über Land und Urlaub gejagt...Dennoch - es ist Herbst geworden.

Die Anzeichen sind untrüglich, also auch dafür, dass wir doch einen Sommer hatten, selbst wenn wir ihn nur daran erkennen, dass er Abschied nimmt. Ich denke dabei nicht an die welken, fallenden Blätter, die unseren Wäldern ihr herbstliches Gewand verleihen, nicht an jenen Windzug, der durch die kahler werdenden Äste fährt und eine dumpfe Ahnung von der Vergänglichkeit alles Irdischen mit sich bringt. Ich meine auch nicht die Nebelkrähen, die auf nackten Feldern Nacherten halten, und nicht die Rebhühner, die laut aufflattern, wenn sie sich gestört glauben, und auch nicht die Weinberge, deren Reben im Schein einer tief stehenden, späten Sonne golden aufleuchten.

Denn mein Gang führt nicht durch Feld und Wald; er lenkt mich durch die Straßen unserer Stadt. Hier begegne ich ihm - dem Herbst.

Unser erstes Zusammentreffen besteht darin, dass ich etwas vermisse... jenes lustige Klappern der Sandalen an den bloßen Füßen der Frauen und Mädchen, zweifellos Zugeständnisse an einen, wenn auch verregneten Sommer. Plötzlich, wie über Nacht hinweggezaubert, gibt es das nicht mehr. Alle sind sie anders gekleidet, weniger farbenfroh, keineswegs schon winterlich, aber auch nicht mehr sommerlich - eindeutig herbstlich. Ich blicke in Gesichter, trotz allem gebräunt, und in Augen, die noch in Erinnerung an vergangenes sommerliches Erleben verweilen. Vorbei sind sie und mit ihnen ein Hauch dessen, von dem wir jetzt Abschied nehmen müssen.

Mein Blick fällt in ein Schaufenster. Öfen stehen darin, große, kleine, elektrische, für die Übergangszeit. Ein frischer Windzug streift mich, und ich denke mit Behagen an wohlig anheimelnde, gemütliche Zimmerwärme...

Vor wenigen Tagen noch erweckten in anderen Geschäften bequeme Liegestühle und bunte Sonnenschirme die Illusion von Seewind und weißem Sand am Meer, von süßem Nichtstun auf blumenumrankten, sonnenbeschienenen Terrassen. Stühle und Schirme fanden nicht viel Absatz. Die Illusion blieb.

Wann aber erinnert man sich wehmütig an vergangene, sommerliche Tage? Und wann zugleich verspürt man das erste, sanfte, aber unverkennbare Anzeichen des nahenden Winters? Zögernd setzt man den Fuß auf die Schwelle, blickt zaudernd zurück, wagt noch nicht den Schritt hinüber und weiß doch, dass man ihn tun muss. Die Schwelle aber, jenes kaum merkliche Verharren während des Überganges, - das ist der Herbst.

Ich gehe weiter. Neben mir im Kantstein eine vereinzelte, huschende Bewegung. Ein welkes Blatt. Ich sehe mich um. Weit und breit kein Baum, kein Gebüsch. Welchen Umweg mochte es gemacht haben? Welch eine Macht des Herbstes, auf diese Weise jeden Zweifel an den Beginn seiner Herrschaft zu zerstreuen! Das Blatt tänzelt vorüber. Ich sehe ihm nach, bis es verschwunden ist. Dann gehe ich weiter.

Der Himmel über der abschüssigen Straße ist klar, aber hinten über den Häusern verdichtet er sich zu jener ihm eigenen schwachvioletten Färbung.

Ein wenig fröstelt es mich bei dem Gedanken an den ersten Nachtfrost des Jahres, und ich schreite schneller aus.

Helmut Pätz

Da könntest du stehen

Der Wind wirbelte die dürren Blätter auf. Sie spürte auf einmal die Kälte und zog den dunklen Tuchmantel fester um sich. Eine fast nicht erklärbare Traurigkeit bemächtigte sich ihrer.

"Sie haben ihn gekannt...?" Der ältere Herr, der neben ihr stand, sah sie teilnahmsvoll und ein wenig neugierig zugleich an. Sie nickte nur schwach und wandte sich ab. Es waren viele Menschen um sie herum, aber dennoch sah sie niemanden. Ihre Blicke, ihre Gedanken glitten durch die anderen hindurch zurück in eine vergangene Zeit, blieben in fernen Erinnerungen haften.

Robert!

Wie fröhlich, wie mitreißend war sein Lachen gewesen, wie fest zupackend der Griff seiner Hände, wie liebenswert und doch fordernd zugleich sein ganzes Wesen. Ja, ihn hatte sie geliebt, - und doch hatte sie Walter geheiratet. Walter, der nicht immer so fröhlich war, nicht so dynamisch, und schon gar nicht so fordernd. Aber er war ein Mensch, auf den man Häuser bauen

konnte. Und er liebte sie - hatte sie immer geliebt, das wusste und spürte sie all die Jahre. Bei Robert war sie sich da nie so ganz sicher gewesen, und das war es auch, warum sie Walter gewählt hatte. War sie glücklich geworden? Wenn Zufriedenheit Glück bedeutete, dann war sie es ganz bestimmt. Und doch... Die Jahre vergingen, und Walter blieb, was er immer gewesen war: ein kleiner, unbedeutender Angestellter in irgendeinem Amt, zufrieden mit sich und der Welt, während Robert auf der Erfolgsleiter des Lebens emporkletterte, als hielte man sie nur für ihn ganz allein hin. Eine bedeutende Persönlichkeit war er geworden, und immer häufiger war sein Bild in Zeitungen und Illustrierten zu sehen gewesen. Dann waren doch ab und zu quälende Zweifel und bohrende Fragen in ihr wach geworden. Und wenn sie die Frau an seiner Seite sah, die er inzwischen geheiratet hatte, fühlte sie jedesmal einen Stich im Herzen: "Da hättest d u stehen können..."
Immer wieder hatte sie versucht, solche Gedanken zu verdrängen, aber sie ließen sie nicht los. Walter, ja, das war jetzt ihr Leben, ihr selbstgewähltes Leben, Robert aber, er war wie die ferne Sonne, strahlend, unerreichbar - eine kleine, große, immer unerfüllte Sehnsucht. Erst kürzlich war er zurückgekommen in diese kleine Stadt, in der er geboren und auf- gewachsen war, um ein Denkmal zu enthüllen. Ganz hinten, irgendwo verloren in der Menschenmenge hatte sie gestanden und mit brennenden Augen auf die Frau im kostbaren Pelz, die so selbstverständlich neben ihm stand, gestarrt.
"... da könntest d u jetzt stehen..."
"... er hat viel geleistet..." sagten fremde Stimmen neben ihr. Ja, antworteten ihre Gedanken, er hat

48

viel geleistet. Viel zu viel. Sie wusste es, jeder wusste es. Dringende Termine, unaufschiebbare Reisen, unzählige Arbeitsstunden und folgenschwere Entscheidungen, allein oft gefällt in einsamen Nächten. Und er hatte den Preis dafür zahlen müssen, den höchsten, den ein Mensch bezahlen kann. "... die arme Frau... so jung und schon Witwe..." Zwei Frauen neben ihr schüttelten bedauernd die Köpfe. Und sie selbst blickte hinüber zu der Frau, die dort, ganz in Schwarz, unter den Trauernden stand. Und auf einmal durchfuhr es sie wie ein Blitz." ... da hättest d u auch stehen können..."
Als die Trauerfeier beendet war, strebte sie raschen Schrittes dem Ausgang zu. Zum ersten Mal brach an diesem düsteren Tag die Sonne durch das graue Gewölk. Und sie wusste, wenn sie jetzt nach Haus zurückkehrte, nach Haus zu Walter, dann war es eine Rückkehr für immer...
Irene Pätz

Ein Wochenende

Hoffentlich haben sie nichts gemerkt, dachte er, als er die Tür hinter sich ins Schloss gezogen hatte und langsam die Treppe hinunterging. Was für ein dummer Einfall von ihm, am Samstagnachmittag so einfach bei den Kindern aufzukreuzen, in der stillen Hoffnung, dass sie ihn vielleicht zum Sonntag zu sich bitten würden. Nur weil er es einfach nicht mehr ertrug, allein zu sein mit sich und den Erinnerungen. Heiß und kalt wurde ihm, als er daran dachte, dass sie etwas gespürt haben könnten und dennoch nichts gesagt hatten...

Früher wäre ihm so etwas nicht eingefallen, nicht einmal gleich nach dem Tod der Frau, als sich sein ganzes Leben schlagartig geändert hatte. Wie ein Ertrinkender hatte er sich damals in die Arbeit gestürzt. Da war das Haus. So vieles war immer unerledigt geblieben - nie hatte er Zeit gehabt. Bis jetzt. Er hatte tapeziert und gemalt, den Keller aufgeräumt, im Garten Unkraut gejätet und die Beete gesäubert. Sogar das Loch im Gartenzaun hatte er ausgebessert. Dann aber war auf einmal die große Leere über ihn gekommen. Er fühlte, er brauchte die Nähe vertrauter Menschen.

Seine Tochter, sein einziges Kind, sie war immer sein ganzer Stolz gewesen, und mit der gleichen Liebe, die er für sie empfand, hing sie an ihm. Trotzdem war er glücklich gewesen, damals, als sie heiratete. Er fühlte, dass sie den Mann gewählt hatte, der zu ihr passte. Er hatte sich doch immer so zufrieden und sicher gefühlt, wenn er daran dachte. Woher also dieser feine, bohrende Schmerz? Weil sie ihn wieder gehen ließen, ohne eine Einladung ausgesprochen zu haben? War es darum, weil es morgen ein Sonntag war, und sie früher die Sonntage so liebten, weil dieser Tag sie immer besonders stark zusammenfinden ließ, - die Frau, die Tochter, ihn selbst, wenn er oft nach mehrtägiger Abwesenheit nach Hause zurückkehrte? War es, weil dieses Wochenende ihm so unendlich lang erschien, so still, so schrecklich einsam?

Als er sein Haus erreichte, fühlte er, dass die Einsamkeit wie eine Wand auf ihn zukam...

Hoffentlich hat er nichts gemerkt, dachte die junge Frau, als die Tür hinter dem alten Mann zugegangen war. Aber Thomas hatte vorher zu ihr gesagt, dass er übers Wochenende unbedingt Ruhe brauchte. Sie wusste, was das bedeutet. Wenn er an seinem Artikel für die Zeitung arbeitete, brauchte er absolute Stille im Raum und überhaupt in der ganzen Wohnung. Sie hatte im Laufe der Zeit gelernt, das zu verstehen. Gewiss, er hatte Kollegen, die schrieben bei lauter Musik und Kinderlärm. Er konnte das nicht. Aber immer wieder sah sie vor sich das Gesicht des alten Mannes, als er in der Tür stand und sagte: "Also morgen, Kinder, da hab' ich keine Zeit... da muss ich unbedingt den Gartenzaun streichen..."

Thomas schien erleichtert. Sie aber ließ sich nicht täuschen. Sie kannte ihren Vater genau, und der Versuch seines Lächelns wirkte zu krampfhaft.

Sie liebte ihren Vater sehr. Vielleicht kam es ihr erst in diesem Augenblick so richtig zum Bewusstsein. Erinnerungen tauchten in ihr auf, huschten vorbei, wie schnelle kleine Wölkchen am Himmel, Erinnerungen an eine glückliche Kindheit. Sie dachte daran, wie er einmal bis spät in die Nacht hinein an ihrem Bett gesessen hatte, als die Mutter verreist war und sie nicht einschlafen konnte. Dabei hatte er seinen Skatabend, auf den er sich immer sehr freute, versäumt. Und einmal, als sie einen lang geplanten Ausflug machen wollten und er mit Fieber im Bett lag, war er aufgestanden und hatte trotz des Protestes der Mutter erklärt, dass er sich pudelwohl fühle und dass es nun losgehen könne. Nur um ihr die Freude nicht zu verderben...

Ihre Augen waren gerötet, als sie wieder ins Zimmer trat. Thomas sah sie verwundert an. "... es ist wegen Vater", sagte sie leise, "er braucht uns jetzt, Thomas, ich fühle es..."

51

Er begriff nicht. "Aber der Zaun, er wollte ihn doch unbedingt streichen..."

Die junge Frau versuchte zu lächeln. "Aber verstehst du denn nicht? Er wollte es sich nur nicht anmerken lassen... den Zaun, den hat er doch längst gestrichen..."

Er sah sie lange an. "Ja", sagte er dann, "du hast Recht. Ich glaube, der Artikel wird heute doch noch fertig. Und dann gehen wir zu ihm. Heute Abend noch... er soll morgen bei uns sein. Den ganzen Tag über..."

Und sie lächelten sich an.

Irene Pätz

Ein altes Foto

Als ich neulich meinen Schreibtisch aufräumte, fiel mir das Foto in die Hände. Es hatte ganz unten in einem Kästchen gelegen, in dem ich die Zettelchen mit verschiedenen Notizen verwahrte. Ein kleines, vergilbtes Passbild war es und stellte eine alte Frau dar, unscheinbar, mit spärlichem weißen Haar. Viele Jahre hatte es unbeachtet in dem Kästchen gelegen, und es dauerte eine ganze Weile, ehe ich mich erinnerte, wer sie überhaupt war.

Ihr Name fiel mir nicht ein. Aber ich entsann mich, dass sie die Mutter eines alten Kriegskameraden war. Ich hatte sie während einer Durchfahrt in den Urlaub aufgesucht, um ihr einen letzten Gruß ihres gefallenen Sohnes zu überbringen. Sie bewirtete mich mit allem, was sie hatte, und das war damals weiß Gott nicht viel. Als ich mich verabschiedete, sah ich Tränen in ihren Augen. Ich habe sie nur dieses eine Mal gesehen. Später schrieb sie mir noch einige Male. Sie stand nun ganz allein auf der

Welt, und vielleicht war ich so etwas wie eine Brücke zwischen ihr und der Erinnerung an den Sohn. In einem ihrer letzten Briefe schickte sie mir das kleine Passbild mit. Es waren schlechte Zeiten damals. Ich hatte andere Sorgen und ließ die Verbindung abreißen. Ihr Bild jedoch verwahrte ich - ich weiß nicht warum - in dem kleinen Kästchen, und ich hatte inzwischen nie wieder daran gedacht. Dann, nach vielen Jahren, schrieb ich ihr noch einmal. Der Brief kam als unzustellbar zurück. Sie war inzwischen verstorben...

Ich hielt das kleine, vergilbte Papier zwischen den Fingern über den Papierkorb, aber meine Absicht, es zu zerreißen und hineinfallen zu lassen, führte ich dennoch nicht aus. Auf einmal wurde mir bewusst, dass ich der einzige Mensch war, der sich ihrer noch erinnerte. Wenn ich das Bild vernichtete, würde ich nie wieder, ja, würde kein Mensch je wieder an sie denken. Und in diesem Augenblick fühlte ich, welch ungeheure Entscheidung darin liegen kann, ein altes Foto zu vernichten. Es gibt Menschen, die nur noch in der Erinnerung leben, in der Erinnerung oftmals eines Einzigen. Geht ihr Gesicht auf dem Foto verloren, so sind sie endgültig gestorben. Es gibt sie nicht mehr.

Ich betrachtete das Bild lange und sah die alte Frau wieder vor mir, hörte ihre Stimme auf einmal ganz deutlich in der die ganze Liebe zu ihrem Sohn mitklang in all den Worten einer einzigen Begegnung, dann in den wenigen, aber herzlichen Briefen und schließlich in dem unscheinbaren, schlecht gemachten Foto, als ahnte sie, ganz unbewusst, dass ich der einzige Mensch sein könnte, der sich ihrer noch eines Tages erinnerte, ihrer und ihres Sohnes...

Ich zerriss die Zettel mit den alten Notizen und warf die Fetzen in den Papierkorb. Das Foto aber legte ich sorgfältig in das Kästchen zurück. Vielleicht würde ich es nach einem Jahr wieder hervorholen, vielleicht auch erst nach fünf oder nach zehn Jahren. Aber eines Tages würde ich mich wieder erinnern...

Helmut Pätz

Er hob das Glas

An diesem Abend ging es um den Begriff "Treue". Selbsterlebtes aus der Gegenwart und auch Vergangenes lieferten ausreichenden Stoff für die oftmals erregten, auf jeden Fall aber ein wenig selbstgefällig gefärbten Erörterungen, und wir kamen zu dem Ergebnis, dass die Treue doch eine ausgeprägt männliche Eigenschaft sei, eine Ansicht, der durch regelmäßigen Umtrunk lautstark Ausdruck gegeben wurde. Lediglich unser englischer Gast saß wie unbeteiligt im Sessel und blickte versonnen den silbergrauen Wölkchen nach, die sich zögernd seiner Tabakspfeife entwanden.

"Ich höre zu", entgegnete er auf unsere Aufforderung, doch auch seine Meinung zu äußern, "ich höre recht genau zu..." Er klopfte die Pfeife am Kamin aus. "Allerdings, wenn Sie mich nach meiner Auffassung fragen, so möchte ich Ihnen nicht unmittelbar antworten. Ich möchte Ihnen vielmehr etwas erzählen... nicht viel", er lächelte, "das liegt uns Engländern nicht... nur eine kleine Geschichte, die sich tatsächlich zugetragen hat. Vielleicht geben Sie sich dann die Antwort selbst...

Also, es war während meiner Dienstzeit in Indien - weit über dreißig Jahre sind das her -, ich war ein junger Offizier bei den Bengal Rangers, einem wegen seiner rassigen Pferde und der Reitkunst seiner Truppe weithin bekannten Regiment, als eines Tages unser Kommandeur von einem Ausritt, den er allein unternommen hatte, nicht mehr zurückkehrte. Die Gegend war von aufständischen Gebirgsstämmen und auch von wildernden Banden geradezu verseucht. Also wurde eine großangelegte Suchaktion durchgeführt. Am Morgen des fünften Tages fanden wir ihn in einem unwirtlichen, gebirgigen Grenzstreifen. Er war vom Pferd gestürzt. Tot. Die ärztliche Untersuchung ergab einen Halswirbelbruch.

Neben dem Oberst aber fanden wir sein Pferd, eine prächtige Fuchsstute, völlig erschöpft. Obwohl sie sich völlig frei bewegen konnte und nicht etwa durch eine unglückliche Verschlingung der Zügelleine mit dem Toten verbunden war, stand sie unbeweglich neben ihm. Ohne weiteres hätte sie allein ins Lager zurückkehren können. Die Tiere finden ihren Weg, wir hatten das verschiedentlich bei den Pferden gefallener Kameraden erlebt. Bei der Stute des Obersts hingegen ließen schwache Schleifspuren auf dem steinigen Boden daraus schließen, dass sie versucht hatte, ihren Reiter etliche Fuß weiter an eine nahegelegene Quelle zu zerren, als erahnte sie hier eine Möglichkeit, ihrem Herrn zu helfen..."

Er lehnte sich zurück. "Ich glaube, es liegt auf der Hand, warum ich Ihnen das erzähle. Das Bild des Tieres, fast unbeweglich dastehend, nur mit der

55

Hufe scharrend, steht noch ganz deutlich vor meinen Augen. Was ist es, frage ich mich, was es bei seinem toten Herrn ausharren ließ? War es nicht etwas, das wir unbedingt als Treue bezeichnen müssen? Treue - bis zur Selbstaufopferung? Hand aufs Herz, wer von uns, die wir so sehr mit der 'männlichsten aller Tugenden' gesegnet zu sein glauben, wäre eines solchen Opfers fähig?" Er hob wie abwehrend die Hände. "Bitte, kommen Sie mir nicht damit, das sei tierischer Instinkt und... Mangel an dem, was wir mit Intelligenz bezeichnen. Ich bin sicher, dass das Pferd zumindest geahnt haben mochte, was ihm bevorstand, hätten wir es nicht zufällig gefunden..."

Fast belustigt blickte er in unsere etwas nachdenklich-skeptischen Gesichter. Er lächelte und hob das Glas.

"Ich will damit sagen", meinte er abschließend, "wir Menschen, besonders wir Männer, sollten ein wenig zurückhaltender sein und zwei Mal, nein, sogar drei Mal zögern, ehe wir uns zum alleingültigen Maßstab, zum Mittelpunkt der Bewertung allen Geschehens machen..

Helmut Pätz

Er kennt den Weg

Sie standen an der Straßenecke, die beiden älteren Damen und die junge Frau, die das kleine Mädchen an der Hand hielt. Man unterhielt sich lebhaft. Man hatte sich längere Zeit nicht gesehen und somit viel zu erzählen. Die Kleine hüpfte jetzt ungeduldig umher, nachdem sie lange artig die Hand der Mutter gehalten hatte. Sie kullerte kleine, bunte Glaskugeln auf dem Pflaster vor sich her, verfolgte aufmerksam ihren bedächtigen, rollenden Lauf und fand dabei noch Zeit, die vorübergehenden Leute gründlich zu mustern.

Und dann entdeckte sie plötzlich den alten Mann, der, den Hund an der Leine, vorsichtig die Straße überquerte. Sein weißer Stock, den Straßenrand ertastend, schlug dazu einen unregelmäßigen Takt. Mit großen Augen sah das Kind den beiden nach.

"Mutti..."

Die junge Frau, noch im Gespräch verfangen, folgte den Blicken der Kleinen. Sie verstand. "Er wohnt hier in der Gegend, Isabell... er kennt den Weg genau. Er geht ihn jeden Tag, weißt du..."

Und schon wandte sie sich wieder den beiden Damen zu, um das Gespräch fortzusetzen.

Plötzlich ertönte lautes Wehgeschrei.

"Isabell..." Mit einem Schreckenslaut lief die Frau auf das kleine Mädchen zu, hob es auf, und tröstete es mit zärtlichen Worten.

"Ich habe es genau gesehen", sagte eine der beiden Damen kopfschüttelnd, "sie hat die Augen ganz fest zugemacht und ist dann gegen das Gitter gelaufen. Ich habe es ganz genau gesehen..."

"Aber, Isabell.,." Das Kind schluchzte in den schützenden Armen der Mutter. "Warum hast du das nur getan? Du weißt doch ganz genau, dass man auf der Straße immer die Augen offenhalten muß, damit einem nichts zustößt..."

Die Kleine weinte noch stärker und rieb sich das schmerzende Knie.

"... ich wollte doch nur einmal wissen, wie es ist, wenn man nicht mehr sehen kann, wie der alte Mann da eben... ach, Mutti, es ist ganz schrecklich..."

Betroffen sahen sich die drei Frauen an, die junge und die beiden älteren, und dann verabschiedeten sie sich mit ein paar flüchtig hingeworfenen Worten. Seltsam, auf einmal hatten sie sich nichts mehr zu sagen.

Die junge Frau nahm ihr Kind an die Hand, ganz fest. Sie war nachdenklich geworden, aber ein kleines Lächeln glitt über ihr ernst gewordenes Gesicht, als sie die kleine Stimme neben sich sagen hörte: "Ach, Mutti, da können wir doch froh sein, wenn wir das alles sehen können, den großen Bus da, die vielen Autos und meine schönen, bunten Glaskugeln und überhaupt alles, alles..."

Und dann sahen sie sich an, die beiden, und etwas wie unaussprechliches Glück spiegelte sich in ihren Gesichtern...

Irene Pätz

Erinnerung bei Kerzenschein

Eines Abends kam mein Freund Ernest aus England auf Besuch. Seit Jahren hatten wir uns nicht mehr gesehen. Also ging ich in den Keller, um einen guten Tropfen zu holen.

Selten genug betrat ich dieses kleine, dunkle Verlies, in dem Weine der verschiedensten Jahrgänge in Dunkelheit und modriger Luft ein verträumtes Dasein führten, und jedes Mal wieder musste ich selbst lächeln über den leisen Schauer, der mich überrieselte, wenn die Schatten der altersgrauen Regale wie Kobolde über die Wand tanzten, Spinnen und Tausendfüßler, aufgescheucht vom flackernden Kerzenlicht, über bemooste Quadersteine flohen und die dunkelglänzenden

Leiber der aufgeschichteten Flaschen Schicksale und Begebenheiten ahnen ließen.

Was sollte ich Ernest anbieten? Einen Whisky, er hatte da so seine Lieblingssorte, hatte ich nicht da. Aber einen guten, sehr alten Cognac würde er sicherlich nicht verschmähen. Eine Flasche hatte ich, von meinem Vater noch. Sie als einzige war etikettiert. Daran würde ich sie erkennen.

Mit den Händen tastete ich die kühlen Bäuche der Flaschen ab. Staub rieselte, und dicht gewebte Spinnennetze zerrissen mit leisem Knistern. Ich zog die Flasche hervor und hielt sie gegen das Kerzenlicht.

"Sie ist die kostbarste..." hatte Vater gesagt, damals, "uralter französischer Cognac. Ich wollte ihn für eine ganz besondere Gelegenheit aufbewahren. Für mich hat sie sich nicht ergeben. Jetzt gehört sie dir. Aber denke daran, je länger er liegt, um so wertvoller wird er. Wähle die Gelegenheit also richtig..."

Für mich als modernen, aufgeklärten Menschen ist es nun kein Geheimnis, dass Cognac nur in Fässern reift, später, in Flaschen abgefüllt, aber nicht mehr. Zudem, war der Besuch eines so guten, alten Freundes nicht eine solche Gelegenheit, wie sie Vater gemeint haben mochte, damals, vor vielen Jahren? Aber schon wurden Zweifel in mir wach, wurden stärker, peinigten mich... "Je länger er liegt..." hörte ich die Stimme meines Vaters wieder. Was hatte er eigentlich wirklich damit gemeint?

Und in diesem Augenblick, da Kobolde und Fabelwesen vor mir an der Wand tanzten, sah ich etwas ganz deutlich vor mir: Ich, älter, gereifter, und neben mir mein Sohn. Ich übergebe ihm die Flasche, so wie mein Vater es bei mir getan hat, mit denselben Worten. Ich bin sicher, dass auch er sie verstehen wird. Und irgendwann einmal, fernab von allem diesseitigen Weltgetriebe, werde ich meinen Enkel, meinen Urenkel in die Arme schließen, und ich wusste jetzt schon, was er mir antworten wird: "Aber Urgroßvater, wie kannst du nur fragen? Sie liegt am alten Platz, wie zu deiner Zeit. Meinem Sohn habe ich gesagt, dass..."

Die feuchte Kühle des Kellers drang bis auf meine Haut, und mir fiel Ernest ein, der wartend oben im Sessel saß. Ich legte die Flasche sehr behutsam zurück, griff beinahe wahllos nach zwei anderen und stieg wieder nach oben. Vor dem großen Spiegel in der Diele staubte ich mich ab, und ich fand, dass ich sehr zufrieden aussah, wie jemand, der von einer weiten Reise heimgekehrt war.

Und eines wusste ich noch... der Rotwein würde mir gut schmecken heute Abend - und meinem Freund Ernest sicher auch.

Helmut Pätz

Fahrt im Nebel

Er lehnte sich weit aus dem Führerstand der Lokomotive und spürte im Gesicht die Kühle der hereinbrechenden Nacht, während gleichzeitig die Wärme aus der offenen Feuertür hinter ihm über seinen Rücken strich. Er zündete sich eine Zigarette an. Letzte eilige Reisende hasteten über den Bahnsteig an ihm vorbei. Eine junge Frau schob einen Kinderwagen vor sich her. In der freien Hand hielt sie eine prallgefüllte Reisetasche. Drüben am Zeitungskiosk machten sie gerade das Licht aus. Es war gleich elf Uhr. Der Mann mit dem Obst- und Würstchenwagen machte seine letzte Runde. Dieser Spätzug war der letzte, der heute den Bahnhof verließ.

Sein Blick wanderte weiter unter die hohen Dachträger der Bahnhofshalle. Unter die aufsteigende Dampfsäule aus der Lokomotive mischten sich die Schwaden des späten Abends, die feuchtkalt in die Halle zogen.

"Es wird neblig heut' Nacht", dachte er, "wie damals..."

Und wieder spürte er das große Unbehagen. Immer wieder, wenn es neblig wurde, spürte er es. Er wurde es nicht mehr los. Drei Jahre lagen jetzt dazwischen, aber jedes Mal, wenn der Nebel kam und wenn sie den unbewachten Bahnübergang hinter Blockstelle Zweiundzwanzig passierten, kam es wieder über ihn. Ein Personenkraftwagen war es gewesen. Sie hatten ihn gepackt, über hundert Meter weit mitgeschleift und dann den Rest zerbeulten Blechs gegen die Böschung geschleudert. Als er den Zug endlich zum Stehen gebracht hatte, war schon alles vorbei gewesen.

Er hatte keine Schuld gehabt. Es war Nacht gewesen damals. Nacht und dichter Nebel. Es war auch kein Mensch zu Schaden gekommen. Der Fahrer hatte die Gefahr erkannt und war in letzter Sekunde aus dem Wagen gesprungen. Er hatte nicht einmal eine Schramme abbekommen.

Er selbst aber wurde das nicht mehr los. Wie eine schlecht vernarbte Wunde in seinem Innern war es, und jedes Mal, wenn der Nebel auf der Strecke lastete und sie die Blockstelle Zweiundzwanzig passierten, brach sie wieder auf.

Ein Schatten tauchte neben ihm auf. Der Heizer legte seine ölige Hand auf seine Schulter. "Denk nicht dran. Sie haben den Übergang jetzt gesichert.

Es kann nichts mehr passieren. In einem Jahr fahren nur noch elektrische Triebwagen auf dieser Strecke. Und dann sind wir beide sowieso nicht mehr dabei..."

Er nickte. Ja, in einem Jahr traten sie beide in den Ruhestand. Gedankenverloren folgte sein Blick einem gutgekleideten Herrn, dem ein keuchender Gepäckträger mit zwei schweren Koffern folgte. "Polsterliegesitz oder Schlafwagen erster Klasse, " dachte er mechanisch.

Der Heizer zwängte sich neben ihn. "Der hat's gut, was?" Er lachte. Dann wurde er plötzlich nachdenklich. "Hast du schon einmal erlebt, dass sich einer dafür bedankt hat, dass er heil und sicher angekommen ist?"

Der andere sah ihn verwundert an. Dann schüttelte er seinen Kopf. "Bedankt? Nein, wozu auch? Schließlich bezahlen sie doch dafür..."

Zwei junge Leute liefen über den Bahnsteig. Ein junges Mädchen und ein junger Mann. Sie hielten sich an den Händen, waren verliebt und umhüpften übermütig die Sitzbänke für die Wartenden.

Er lächelte hinter den beiden her, und für einen Augenblick lang vergaß er die Nacht und den Nebel, die auf ihn lauerten.

Dann sah er auf die große Bahnhofsuhr mit den riesigen Ziffern. Wenn der Zeiger den nächsten Sprung machte, würde der Fahrdienstleiter das rotweiße Signal heben. Er warf den Zigarettenrest im hohen Boden auf den Schotter, wo er verglühte. Dann trat er einen Schritt zurück und legte die Hand auf das Bremsrad. Die Fahrt in den Nebel begann...

Als er sich am Zielbahnhof wieder aus dem Führerstand lehnte, strömten die Reisenden seines

Zuges an ihm vorüber. Die beiden jungen Leute gingen Arm in Arm und hatten es gar nicht mehr eilig. Sie sahen abgespannt und verschlafen aus, und sie lächelten nicht einmal mehr. Auch die Frau mit dem Kinderwagen ging ganz langsam. Sie blickte sich um, als erwartete sie jemanden, der sie abholte. Das Kind schrie im Wagen, und die junge Frau fröstelte in der Kühle des heraufkommenden Tages.

Als letzter kam der gutgekleidete Herr. Er setzte seine beiden Koffer ab und sah sich suchend nach einem Gepäckträger um. Plötzlich trat er auf den Führerstand der Lokomotive zu und stand direkt unter den beiden Männern. Er lächelte, und es wirkte fast ein wenig hilflos, dieses Lächeln.

Als die beiden herunterkletterten, sprach er sie an. "In einer solchen Nacht, wissen Sie, da hätte es mich beinahe erwischt. Ich saß in meinem Wagen, war völlig übermüdet. Es war ein unbeschrankter Bahnübergang an dieser Strecke. Im letzten Augenblick konnte ich noch aus dem Wagen springen..." Er tupfte sich die Stirn mit dem Taschentuch ab. "Drei Jahre ist das jetzt her, mein Gott, ich werde diese Nacht niemals vergessen..."

Er reichte den beiden die Hand, bevor er ging.

Die beiden Männer sahen sich an, schweigend. Ihre Gedanken trafen sich. und sie lächelten einander zu.

"Feierabend", sagte der Heizer und schlug dem anderen auf die Schulter. Der nickte.

"Der Nebel fällt", sagte er dann, "es scheint ein klarer Tag zu werden..."

Helmut Pätz

Gespräch im Bus

Es regnete.

Die junge Frau schlug den Mantelkragen hoch und schob die Hände tief in die Taschen. Unwillig stieß sie nach einem Stein, der vor ihren Füßen lag. Die dunklen Wolkenfetzen, die der heftige Wind vor sich herpeitschte, passten so recht zu ihrer Stimmung. Heute war ihr alles zuwider.

Fred! Sie begriff es nicht. Nun waren sie schon so lange miteinander verheiratet, und sie liebten sich doch noch immer. Aber waren sie auch wirklich glücklich? Fred - ja. Das wusste sie. Er war ja überhaupt mit allem zufrieden. Und Zufriedenheit bedeutet Glück. Das behauptete er jedenfalls immer. Aber sie, sie hatte ihre eigene Vorstellung vom Glück. Für sie bedeutete Glück Erfolg haben. Vorwärtskommen, Karriere machen. Nein, sie konnte Fred nicht begreifen. Wenn er sie wirklich liebte, dann würde er es ihr doch auch zeigen, indem er sie verwöhnte, ihr etwas bot...

Ein stromlinienförmiges, schwarzes Auto glitt durch eine große Regenpfütze so dicht an ihr vorbei, dass sie schnell ein paar Schritte zurückwich. Verdrossen nagte sie an ihrer Unterlippe. Ja, die da drinnen saßen, die hatten es zu etwas gebracht. Wie oft schon hatte sie Fred gebeten, mit dem Chef zu sprechen wegen einer B e f ö r d e r u n g o d e r w e n i g s t e n s e i n e r Gehaltsaufbesserung. Fred war tüchtig und fleißig, das wussten alle. Er hatte bestimmt die Fähigkeiten weiterzukommen, viel weiter. Aber jedes Mal, wenn sie darauf zu sprechen kam, schüttelte er nur den Kopf. "Sieh mal, Liebes, es geht uns doch gut. Wir haben schließlich alles, was wir zum Leben brauchen..." Nein, so ging es einfach nicht weiter. Sie hatte es satt. Und so hatte sie auf einmal den Telefonhörer in der Hand. "... ja, Fred, es ist etwas sehr Dringendes, etwas ganz Entscheidendes sogar. Ich muß Dich unbedingt sprechen. Ich hole Dich heute Abend ab vom Büro..."

Dann hatte sie einfach aufgelegt, obwohl sie die Unruhe spürte, die unüberhörbar in seiner Stimme aufklang. Sie wusste nur, dass sie heute eine Entscheidung herbeizwingen würde. Entweder versprach ihr Fred, dass er sich in dieser Angelegenheit ändern würde, oder...

Sie erschrak, als der Bus so plötzlich vor ihr hielt und war froh, dass sie einen einzelnen Sitz erwischte, wo sie ihren Gedanken weiter nachhängen konnte. So nahm sie auch nur wie nebenbei die beiden Frauen wahr, die hinter ihr saßen. Nach und nach erst erreichten einzelne Wortfetzen ihr Ohr, drangen allmählich in ihr Bewusstsein, um sie schließlich ganz und gar gefangen zu nehmen. "... nein, ich kann das nicht begreifen..." Es war die Stimme einer jüngeren Frau. "... keiner kann das begreifen... immer nur war er für uns da. Wir, seine Familie, wir gingen ihm über alles... ach, diese elende Trinkerei, die hat alles kaputtgemacht. Alles. Ich habe einfach keinen Mann mehr. Alles muss ich allein machen, um nichts kümmert er sich noch. Allein im letzten Jahr hat er drei Mal die Arbeitsstelle gewechselt. Da nimmt ihn doch keiner mehr..." Die Stimme setzte für einen Augenblick lang aus. Die andere antwortete mit ein paar tröstenden Worten. Dann war eine kleine Weile Schweigen. "... aber am schlimmsten ist es für die Kinder, die können es einfach nicht verstehen. Sie sagen nichts. Sie sehen einen nur immer so ratlos an. Ja, für die Kinder ist es sicherlich am schlimmsten..." Wieder war es eine Zeit lang still. Dann erzählte die andere Stimme von einem ähnlichen Fall, versuchte mit einem kleinen Scherz aufzumuntern, verstummte dann hilflos wieder. "... aber neulich, da war es ganz furchtbar, da hat er mich sogar geschlagen. Zum ersten Mal. Am nächsten Tag, da war er dann so verzweifelt, dass er sich sogar selber angemeldet hatte für eine Entziehungskur. Es sollte ein gutes Sanatorium sein, so hatte man ihm versichert. Aber als ich gestern vom Einkaufen nach Haus kam - da war er weg. Einfach weg. Nur ein Zettel lag auf dem Tisch... ich lasse mich nicht einsperren. Sorge gut für die Kinder..." Jetzt brach die Stimme ab, und auch die andere, die zweite, schwieg. Da gab es nichts mehr zu sagen...

Sie saß ganz still und starrte aus dem Busfenster, an dem die glitzernden Regentropfen stetig herunterrannten. In ihr war nur noch diese leise Stimme der jungen Frau, die hinter ihr saß. Und als sie sich an der Zielhaltestelle erhob, hörte sie, fast im Hinausgehen "... aber ich warte. Ich weiß, dass er wiederkommt. Eines Tages kommt er wieder, so oder so. Und dann braucht er mich doch..."

Als sie ausstieg, wusste sie, dass ihre Entscheidung gefallen war. Auf einmal war alles ganz klar geworden für sie. Und vieles war plötzlich unwichtig, so unwichtig, dass sie sich schämte, es einmal für die wichtigste Sache der Welt gehalten zu haben. Wie eine Last fiel jetzt alles von ihr ab, und sie spürte nicht einmal den Regen, der ihr ins Gesicht peitschte.Und dann war Fred da. Fast tat es ihr weh, sein besorgtes, von unbeantworteten Fragen zerquältes Gesicht zu sehen, und schnell schob sie ihren Arm in den seinen.

"... nein, es ist nichts Besonderes, weshalb ich dich sprechen wollte. Wirklich nicht. Ich wollte Dich einfach nur mal abholen. Ich finde, das ist wichtig genug... Was für ein abscheuliches Wetter heute! Weißt Du, wir sollten es uns heute Abend zu Hause mal so richtig gemütlich machen..."

Irene Pätz

Mitten unter uns

Seltsam, ich war noch keine Woche in dieser Stadt, da liebte ich ihn schon. Ich kannte sonst niemanden hier, außer meiner Zimmerwirtin, die mir morgens die Brötchen und die Milch brachte, - aber diesen alten Mann, den ich ebenfalls kaum kannte, - ihn liebte ich schon.

Ich sah ihn das erste Mal auf dem kleinen Platz nahe der alten Brücke. Er stand da und predigte. Ich stand auf der anderen Straßenseite, und zwischen uns war der ohrenbetäubende Lärm der brausenden Großstadt. Nur vereinzelte Wortfetzen erreichten mein Ohr. Aber seine ganze Erscheinung, die rührend aufrechte Gestalt eines kleinen Zinnsoldaten, die ungewöhnlich ausdrucksvollen Gebärden seiner Hände, mit denen er seinen Worten Nachdruck verlieh, das alles zog mich an, rührte mich auf unerklärliche Weise. Was mich aber geradezu erschütterte, das war die leuchtende Kraft seiner Augen.

Und so stand ich da und blickte zu ihm hinüber, und dann sprach ich in Gedanken wohl auch mit ihm, obgleich er mich gar nicht sah. Warum er hier denn stehe und predige, so fragte ich ihn, wo doch alles gleichgültig an ihm vorbeihastete und ihm keiner zuhörte? Und er schien zu antworten... und wenn Tausende vorübergingen, ein Ohr würde doch seiner Stimme lauschen und ihn verstehen und seine Botschaft weitertragen. Das sei ihm genug. Auf den Widerhall käme es an. "Ich will die Menschen die Liebe lehren, die wahre Liebe, die gibt und nicht nimmt, und die Barmherzigkeit, das Verstehen für die Leiden Armer..."

Ich sah ihn wieder, ein zweites, ein drittes Mal, oft noch sah ich ihn, mal an diesem, mal an jenem Ort der Stadt, und die Art unserer unausgesprochenen Unterhaltung glich sich immer wieder. Dieselben Fragen - dieselben Antworten. Und in dem Maße, wie sein schmächtiger Körper verfiel, schien die Festigkeit seines Glaubens zu wachsen.

Und dann sah ich ihn ein letztes Mal, und eine merkwürdige Unruhe erfasste mich. Auf dem kleinen, grasbewachsenen Platz stand er, an einem Baum gelehnt. Es war sonst nicht seine Art, sich irgendwo anzulehnen, und darum ängstigte ich mich um ihn. Hin und wieder griff er mit einer fast unwirschen Gebärde nach dem Herzen, und die kleine Zinnsoldatenfigur schien zu schwanken.

Da ahnte ich, dass er seine letzte Rede hielt. Ich wollte zu ihm eilen, aber der nicht abreißende Verkehr ließ mich nicht zu ihm durch. Und zum letzten Mal sah ich seine wunderbar leuchtenden Augen, und mir war, als strecke er flehend die Hände aus. Ein Ruck durchlief seine schmale Gestalt, alles andere ging dann sehr schnell: ein herbeiheulender Unfallwagen, Passanten, neugierig, mitleidig, gleichgültig, die sich um ihn scharten... und dann war auch schon alles vorbei.

Mir aber war, als hätte ich etwas
Unwiederbringliches verloren...
Irene Pätz

Niemand wusste es

"... ich kann es immer noch nicht fassen", sagte
Mutter, als sie reihum frischen Kaffee einschenkte,
"es fehlte ihm doch gar nichts... vorige Woche, als
er bei uns zum Mittagessen eingeladen war,
machte er einen geradezu frischen Eindruck..."
Die Trauergäste nickten, und dann redete alles
durcheinander.
"... Vor ein paar Tagen erst traf ich ihn bei einem
Waldspaziergang... 'Wie gut Sie noch aussehen',
hab' ich da zu ihm gesagt, und ich hab' ihn gefragt,
wie er denn nun so zurechtkäme, so ganz allein.
'Ach, es geht gut', hat er geantwortet, 'danke, ja, es
geht ganz gut..'. Ja, mehrere Male hat er gesagt,
dass es ihm gutgeht..."
"... und wir alle waren so verwundert, dass er Tante
Ellas Tod anscheinend so schnell überwunden
hatte", sagte Mutter, "schneller und besser, als wir
alle dachten, wo die beiden sich doch so
wunderbar verstanden hatten, all die vielen
Jahre..." Sie fasste meinen Arm. "Nicht wahr,
Kind...?"
Ihre Worte klangen fast wie eine Anklage. Ich
nickte, aber ich sagte kein Wort. Ich wandte mich
ab und schwieg. Nein, ich würde nichts sagen. Ich
konnte es einfach nicht.

"... und dabei hat er neulich noch zu mir gesagt, dass er jetzt endlich seine Zigarren rauchen könnte, wann und so viel er wolle", sagte Tante Berta fast empört, "niemand mache ihm mehr Vorhaltungen, wegen der Gardinen und überhaupt auch wegen der Gesundheit..."

Ich sagte noch immer nichts. Ich allein wusste, dass es anders war, ganz anders. Aber was soll's. Sie würden es doch nicht verstehen.

Mir aber war auf einmal alles klargeworden, als ich in Onkels kleiner Wohnung beim Aufräumen, das ich damals einmal in der Woche für ihn erledigte, wie zufällig Tante Ellas altes, abgegriffenes Gedichtbuch in der Hand hielt. Sie hatte es sehr geliebt, und fast jeden Abend vor dem Schlafengehen darin gelesen, leise, nur für sich. Der Onkel hatte stets abgewinkt, sich lächelnd die Pfeife angesteckt, und nach der Zeitung gegriffen. - Einmal, als ich noch ein Kind war, hatte sie mir daraus vorgelesen, irgendeinen der kleinen Verse. Ich verstand nichts und mochte sie wohl nur verständnislos angesehen haben. Sie aber hatte gelächelt und mir mit zarter Hand über die Haare gestrichen...

Als ich das Buch in das Regal zurückstellen wollte, fielen ein paar Tabakkrümel und ein zusammengefaltetes Spitzentaschentuch daraus hervor. Ein kaum wahrnehmbarer Duft aus fernen Tagen hing noch darin. Behutsam legte ich es wieder zwischen die Buchseiten.

Niemand hatte den Onkel weinen sehen, nicht einmal auf der Beerdigung seiner Ella, - aber das Taschentuch - es war feucht.

Von diesem Augenblick an wusste ich, dass man auch heute noch an gebrochenem Herzen sterben

kann. Der Onkel selbst hat es vielleicht gar nicht gewusst ...
Irene Pätz

Novemberregen

Es regnete.

Nur wenige Menschen standen vor der kleinen Kapelle, in der man ihn aufgebahrt hatte. Sie standen draußen, weil immer nur wenige hinein konnten, um ihn ein letztes Mal zu sehen. Sie standen im Regen und hatten die Schirme aufgespannt. Sie sprachen leise miteinander. Einige lachten verhalten.

Sie sprachen nicht über ihn. Er war ein zu unbedeutender Mensch gewesen, und außer allernächster Umgebung hatte ihn kaum jemand gekannt. Sein schüchtern-verhaltener Gruß war niemandem aufgefallen, der ihm begegnete, und nun, da er ein Leben mühevollen Gleichmaßes hinter sich gebracht hatte, war er vor wenigen Tagen plötzlich gestorben. Sein Tod war wohl das einzige Mal, dass er die Aufmerksamkeit seiner Umwelt auf sich zu lenken vermochte.

Die Kapelle war fensterlos. Das fahle Licht eines späten Nachmittags drang durch die halboffene Tür nach innen. Auch hier roch es nach Regen, nach Erde, nach den wenigen frischen Blumen der Kränze.

Es war so eng in dem kleinen Raum, dass sie hintereinander um den Sarg herumgehen mussten. Sie sahen sein Gesicht, und vergeblich versuchten sie sich zu erinnern, wie er bei Lebzeiten ausgesehen hatte. Sie fühlten sich unbehaglich. Schweigend gingen sie wieder hinaus und gesellten sich zu den anderen. Wieder standen sie im Regen, fröstelten und unterhielten sich.

Eine Frau hielt ein Kind an der Hand. Es schluchzte.

Dann kam der Herr vom Beerdigungsinstitut. Man kannte ihn, machte ihm Platz und zog die Hüte. Er war eine geachtete Persönlichkeit im Ort, und mit dem steifen Hut, dem schwarzen Mantel und der dunkel umrandeten Brille sah er wie immer sehr feierlich aus.

Sie flüsterten sich zu, dass er alle amtlichen Wege und Formalitäten erledigt hätte, weil es keine Verwandten des Verstorbenen gab. Sie sahen ihm beeindruckt nach, und vorübergehend wurde er noch vor dem Toten zur wichtigsten Person dieses trüben Nachmittags.

Er betrat die Kapelle, zählte die Kränze, und zu den letzten Leuten, die den Toten noch einmal sehen wollten, sagte er mit leiser Stimme, dass sie sich beeilen müssten. Hastig warfen sie dann noch einen Blick auf den Verstorbenen, strebten nach draußen und hatten ihn schon gleich darauf vergessen. Sie erinnerten sich nicht mehr an sein bescheidenes Lächeln, an seine Unterwürfigkeit, an seine Bedeutungslosigkeit.

Der Herr vom Beerdigungsinstitut deutete an, dass es nun an der Zeit sei...

Draußen standen noch immer vereinzelt Leute. Sie sprachen miteinander. Es regnete stärker.

Zwischen ihnen stand die Frau mit dem Kind, und da weinte das Kind plötzlich laut auf. Vergeblich versuchte die Frau, es zu trösten. Man spürte ihre

Verlegenheit. Die verhaltenen Gespräche
verstummten.

Und auf einmal empfanden sie alle deutlich, dass
das Kind wohl als einziges die Trauer dieses
Nachmittags empfand, zum erstenmal zutiefst
erschüttert von der Gewißheit eines endgültigen
Abschieds...   *Helmut Pät*

Sanchez braucht keinen Orden

Es gibt wieder Orden. Sie werden verliehen und sie
werden getragen. Und vielleicht ist das auch gut
so.

Wenn ich davon höre oder darüber etwas lese,
denke ich an Sanchez. In vielerlei Gestalt wird es
ihn gegeben haben, diesen unscheinbaren, grauen
Mann, der in einer ganz bestimmten Situation nicht
viel Worte macht, sondern ganz einfach handelt,
der vielleicht noch die Hand hebt zum letzten
Gruß, bevor man ihn wieder aus den Augen
verliert.

Es gibt keinen Orden für Sanchez. Er hat keine
Schlacht gewonnen, keinen Rekord gebrochen.
Seine Tat wird von keiner amtlichen Stelle
registriert. Aber ein, zwei Menschen gibt es, die
ihn nie vergessen werden. Das genügt. Und darum
braucht Sanchez keinen Orden.

Die Straße durchzieht weites Land wie ein
endloser, gerader Strich. Von Horizont zu Horizont
führt sie. Alles ist grau, und ein eisiger Wind
streicht darüberhin.

Der Lastwagen, an dessen Steuer ich todmüde
hocke, liegt schief. Kann sein, dass eine der
Hinterradachsen gebrochen ist. Aber selbst, wenn
es so wäre, änderte es nichts. Wir müssen durch.

73

Wir sind zu viele auf den Wagen. Aber keiner will, und keiner soll auch zurückbleiben. Sie sind alle verwundet. Wenn der Wind einmal kurz nachlässt, hört man aus der Ferne das Grollen der Geschütze. Wir sind die Letzten. Und wir fahren schon zwei Tage und zwei Nächte. Sie liegen fast übereinander, aber man darf keinen zurücklassen.

Die Gedanken irren ab, verlieren sich. Wenn man überhaupt noch denken kann, nach allem, was hinter einem lag. Alles scheint in eine unwirkliche Ferne gerückt. Nichts anderes gab es mehr, als diese letzten Tage und Nächte, nichts als das Stöhnen der Männer hinter mir auf dem Wagen und die Angst vor mir auf der Straße.

Mein Gott, diese entsetzliche, bleierne Müdigkeit. Mit offenen Augen hing man über dem Lenkrad. Vielleicht war man wach, vielleicht schlief man aber auch schon, - das war nicht mehr wesentlich.

Die Straße nahm einen auf.

Dennoch sah ich die Bewegung vor mir am Straßenrand. Eine winkende Hand nur, als wollte sie die ersten Schneeflocken aus dem Gesicht wischen.

Ich hielt an, obgleich ich damit rechnen musste, dass es fast unmöglich sein würde, den zerschundenen Motor wieder in Gang zu bringen.

Der Mann war verwundet. Er hatte Fieber. Wortlos sah er mich an. Ich blickte zurück zum Wagen. Es war aussichtslos. Einer von denen da oben hätte zurückbleiben müssen.

Es gab diesen Einen. Sanchez!

Klein war er, klein und unscheinbar. Sein hageres Gesicht war von grauen Bartstoppeln überdeckt. Mühsam zwängte er sich von oben an die Ladeluke und ließ sich vom Wagen fallen. Das linke Bein etwas nachziehend, kam er auf mich zu.

"Komm, fass an!" sagte er nur.

"Lass das", sagte ich leise, fast wütend, "es kann keiner mehr mit, nicht ein einziger. Das weißt du doch ganz genau..."

Er nickte. "Ich weiß... aber ich werde mich schon irgendwie durchschlagen. Das mit meinem Fuß ist nicht so schlimm."

Zusammen hoben wir den Schwerverwundeten auf den Wagen. Dann sah ich Sanchez noch einmal an. Ich hatte ihn vorher noch nie richtig angesehen, und ich wusste, nein, ich fühlte, dass ich ihn nie wiedersehen würde.

Wider Erwarten sprang der Motor sofort an. Sanchez hob die Hand und winkte. Dann blieb er zurück, klein, grau, und unendlich allein auf der endlosen Straße, auf die das Grollen langsam zukroch.

Wie gesagt, es gibt keinen Orden für Sanchez. Er braucht auch keinen. Ich werde ihn nie vergessen.

Helmut Pätz

Sie kamen in Scharen

Der Junge war allein auf dem großen Platz. Im Schatten der hohen Mauer spielte er Fußball mit einer alten Konservenbüchse. Er trat sie mit dem rechten Fuß, um den er einen Stofflumpen gewickelt hatte, wartete, bis sie ausgerollt war, lief hinterher und stieß sie wieder von sich.

Der Polizist stand am Fenster. Er beobachtete den Jungen und begriff nicht, wie der Kleine, zerlumpt und ausgemergelt wie er war, und nach allem, was er erlebt hatte, so unbeschwert spielen konnte. Einer von den unzähligen Verlorenen, für die diese

Stadt die einzige Hoffnung auf ein besseres Leben war, einer von denen, die eben noch auf dem großen Platz zusammengehockt hatten, müde, hungrig, krank, in dumpfer Resignation verharrend, im Geheimsten ahnend, dass man sie zurücktreiben würde, nachdem man ihnen erst gut zugeredet, ihnen dann aber gedroht hatte. Einer von denen, die da gesessen hatten, einfach so dagesessen hatten, bis zuletzt, ohne sich zu rühren. Junge, Alte, Männer, Frauen, Kinder...

Er riss das Fenster auf. "Hier..."

Er warf einen Tennisball in den Hof, einen alten, grauen, den er irgendwo auf einem seiner Patrouillengänge gefunden hatte. Hier spielte keiner Tennis. Jetzt, in dieser Zeit, in dieser Stadt. Keiner? Doch, vorhin, da hatte er welche gesehen, drüben, jenseits der Hauptstraße, unten am Fluss, wo die weißen Villen im satten, grünen Rasen versanken, da hatte er sie spielen sehen, Menschen aus seiner anderen Welt, gepflegt, ausgeruht und fröhlich lachend, in seidenen Hemden und weißen Schuhen.

Der Junge fing den Ball auf und lachte.

"Er muss zurück..." Der Polizist drehte sich um. Neben ihm stand der diensthabende Sergeant. Er machte eine Kopfbewegung zu dem Jungen hinab.

"Heute Nacht noch..."

Als die Dunkelheit anbrach, verließ er mit dem Jungen die Kaserne. Die Stadt war riesig. Er aber kannte jeden Winkel, und doch fühlte er sich immer wieder einsam und verloren darin.

Er hielt die Hand des Jungen. Man hatte ihm gesagt, dass man ihn in ein anderes Lager bringen würde, in ein besseres. Man musste lügen. Man hatte genug Scherereien.

76

Der Polizist ging schnell, und der Junge hatte Mühe, ihm zu folgen. Er taumelte vor Müdigkeit. Sie gingen durch Geschäftsstraßen, in deren Lichterglanz ihnen um diese Zeit weniger Menschen begegneten als in den Seitenstraßen. Dennoch spürte man auch hier die Welle von besonderer, ungewohnter Erregung, wie sie zwischen den Häusern hing und mit dem feinen Regen von den Dächern herabsank, jene Unruhe, die mit den Flüchtlingen gekommen war, verebbte und dann mit jedem neuen Schub wieder auflebte, wenn sie hereinströmten, nach tagelangen, wochenlangen Fußmärschen, hinter sich das Land, das sie ausstieß, unbarmherzig. Und sie trafen auf ein Bollwerk von Gleichgültigkeit und Verständnislosigkeit. Überall in der Stadt wisperte und flüsterte es, und wie ein Echo kam es feindselig wieder zurück.

Der Polizist fühlte die warme Hand des Jungen in der seinen, spürte das Vertrauen und zugleich die eigene Einsamkeit. Sein Schritt wurde langsamer. Die ersten Drahtverhaue und Straßensperren tauchten auf. Das Stoßen der Güterwaggons auf den Schienen drang von drüben herüber, und wie ein vielfältiges Summen hing es in der tiefschwarzen Nacht über der breiten Auffahrt zur großen Brücke, die vollgestopft war mit Menschen, gelenkt von brüllenden, fluchenden Soldaten und Polizisten. Er musste den Jungen hineinschieben in diese anonyme Menge. Sekunden, Augenblicke, - dann würde ihn die Dunkelheit verschluckt haben.

Er wusste, woher er kam. Vielleicht hatte er die Mutter, den Vater bei sich gehabt, sie unterwegs verloren, am Wegrand liegengeblieben, der Hunger hatte ihn weitergetrieben...

77

Der Mann dachte an die Frau von heute Morgen. Inmitten der großen Schar war sie über die Brücke gekommen, barfuß, wie all die anderen auch, die Beine grau von Lehm und Staub. Stundenlang hatte sie dann auf dem Kasernenhof gestanden, als verwachse sie schon wieder mit der Erde. Stumpf, ausdruckslos starrte sie vor sich hin, auf dem Rücken das Bündel mit dem Kind, Sie ließ es sich nicht abnehmen, obgleich sie es ein paar Mal versucht hatten. Aber sie hatte sie nur angesehen, und vor ihrem Blick verstummte man schließlich.

Am Nachmittag dann hatte man sie alle wieder zurückgeschickt. Auch die Frau. Auf dem Rücken trug sie noch immer das tote Kind.

Rufe und Kommandos schallten vom Fluss herüber, und Scheinwerfer fraßen sich gierig in die Nacht. Er spürte, dass der Druck der kleinen Hand in der seinen sich verstärkte. Sie blieben stehen, und das Gesicht des Kleinen war ihm jetzt ganz nahe. Auf einmal spürte er schmerzhaft die eigene Verlassenheit.

Er wusste plötzlich, was er tun würde. Er zog den Jungen von der Straße weg in einen lichtlosen Hof. Sie stießen gegen die Bretter eines alten Holzschuppens. "Du bleibst hier und rührst dich nicht. Wenn es hell wird, hole ich dich." Der Junge musste ihm verstanden haben. Er gab ihm ein Stück Hartbrot und strich ihm unbeholfen über den kahlgeschorenen Kopf...

Der Regen wurde stärker, als er durch die Stadt ging. Er dachte. Der Gedanke an den Jungen belastete und beglückte ihn zugleich, und er fand, dass diese Nacht nicht ganz ohne Hoffnung war...

Helmut Pätz

Sie wartet

Als ich aufwachte, schimmerte es schon hell durch die Jalousie, und ich wusste, dass ich den Wecker überhört hatte. Aber da ich mich sowieso nicht wohlfühlte - seit geraumer Zeit schon nicht - beschloss ich, ein paar Tage im Bett zu bleiben. Ich würde mich nachher im Büro krankmelden und meinen Hausarzt zu mir bitten.

Von draußen drang das Geräusch anfahrender Autos und Stimmen früher Fußgänger zu mir herein.

Ich hatte Fieber. Ich wischte mir die heiße Stirn und zog das Telefon heran. Der Arzt war noch nicht in der Praxis, aber die Sprechstundenhilfe versicherte mir, dass er mich gegen Mittag aufsuchen werde.

Aufatmend legte ich mich zurück. Es tat wohl, einmal liegenbleiben zu können, einfach so, einmal nicht hinaus zu müssen in den täglichen Trott. Ich schloss die Augen.

Doch seltsam, irgendetwas war in mir, was mich beunruhigte.... Ich starrte auf das Muster der Tapete, ohne es wahrzunehmen. Und auf einmal wusste ich es:

Fräulein Reber!

Jäh richtete ich mich auf, knipste das Licht an und sah auf die Uhr. Ja, jetzt, genau um diese Zeit, musste sie an der Ecke stehen, Ecke Wichmann- und Kaiserstraße. Etwas abseits, wie immer, mochte sie da stehen und auf mich warten, warten darauf, dass sich meine Hand auf ihren Arm legen würde, um sie sicher über die viel befahrene Kreuzung zu geleiten.

Ich legte mich wieder zurück und schloss die Augen wieder. Aber es nützte nichts. Im Gegenteil, jetzt sah ich sie noch deutlicher vor mir, in ihrer unscheinbaren Hilflosigkeit, suchend, verloren zwischen den vielen gleichgültigen Menschen, die an ihr vorbei hasteten, sie nicht einmal bemerkten, ja, gar nicht bemerken konnten, da sie es ablehnte, die Armbinde der Blinden anzulegen.

Etwas krampfte sich in mir zusammen.

Vor drei Jahren hatte ich sie zum ersten Mal bemerkt, als ich meinen Bus verließ. In irgendeiner Dienststelle arbeitete sie als Bürokraft, - still, zuverlässig und immer freundlich, so und nicht anders stellte ich sie mir vor.

Immer um dieselbe Zeit trafen wir uns dann.

Manchmal war es mir fast zuviel. Sicher, es war keine allzu große Mühe, sie am Arm zu nehmen und über die Straße zu führen. Aber es war ein täglich wiederkehrender 'Dienst', und oft ertappte ich mich dabei, dass ich lieber allein gehen würde, allein mit mir, meinen Gedanken und meinen eigenen Problemen, die auf mich warteten und mich beschäftigten. Und nach und nach begriff ich, dass sie die schwersten sind, diese kleinen, ganz kleinen, aber täglich zu erfüllenden Pflichten-

Wieder sah ich sie vor mir, wie sie dastand und auf mich wartete. Was würde sie tun? Jemanden ansprechen, ihn bitten, ihr über die Kreuzung zu helfen? Nein, sie würde niemanden bitten. Sie würde denken, dass ich mich verspätet hätte. Sie würde ganz einfach dastehen und auf mich warten. Ja, das ist es - sie würde warten.

Mit einemmal war ich hellwach. Ich griff zum Telefon, ließ mich mit der Funk-Taxi-Zentrale verbinden, benachrichtigte die Sprechstundenhilfe, dass ich später selbst in die Praxis käme, kleidete mich an und saß wenige Minuten später in der Taxe.

Fast hasste ich sie, als ich sie so dastehen sah, so geduldig, so grau und unscheinbar. Und doch wusste ich, dass ich es einfach so tun musste, wie ich es getan hatte.

"... ich wusste, dass Sie kommen würden..." Und ein Lächeln erhellte ihr kleines, farbloses Gesicht.

Helmut Pätz

Sie wollten weiter nicht stören

Sie war nicht überrascht, als Frau Burmeister aus dem Erdgeschoss sie ans Telefon rufen ließ. "Ihr Mann... er möchte Sie sprechen..."

Es war nicht ungewöhnlich, dass Herbert sie anrief. Zumeist ging es um mehr oder weniger alltägliche Dinge, und Frau Burmeister lächelte immer nur freundlich. Es mache ihr gar nichts aus, sagte sie, und sie sei ja schließlich auch einmal jung verheiratet gewesen.

Wie ein Blitzschlag traf es sie aber jetzt, als sie Herberts Stimme hörte, eine fast fremde Stimme, und ein fassungsloses Entsetzen schwang darin mit:"... Deine Eltern, Liebes, man hat mich eben benachrichtigt... sie sind verunglückt... von einem Auto angefahren... ja, beide... mehr weiß ich auch nicht... wir treffen uns gleich am Kreiskrankenhaus... nimm dir eine Taxe... bleib' ganz ruhig, vielleicht haben sie Glück gehabt, und es ist gar nicht so schlimm geworden... also, bis gleich..."

Sie hörte nicht, wie Herbert den Hörer auflegte. Sie fühlte nur, wie eine nie gekannte Schwäche in ihr hochkroch, und eine Ewigkeit schien zu vergehen, bis sie Frau Burmeisters besorgte Stimme neben sich vernahm"... ist Ihnen nicht gut, Kindchen? Schlechte Nachrichten? Ist irgend etwas passiert?" Ihr Blick schien durch die andere hindurchzugehen. "Ja," sagte sie dann mit erstickter Stimme, "ja... meine Eltern..."

Der Regen klatschte gegen die Scheiben des Taxis, und der Wischer schob langsam und mit entsetzlicher Gleichmäßigkeit die dichten Rinnsale über das Glas. Tick - tack -, wie der Herzschlag eines Menschen. Jetzt erst wurde ihr die ganze Tragweite des Geschehens voll bewusst. Von einem Auto angefahren! Was konnte das alles bedeuten?! Sie wußte, dass die Eltern immer um die fragliche Zeit ihren kleinen Spaziergang machten. Sie gingen dann am Wald entlang bis hinunter zum Fluss und überquerten dabei die Autostraße, um auf der anderen Seite wieder zurückzugehen. Und es waren viele Autos auf der Straße um diese Zeit!

War sie eben noch von Herberts Anruf bis zum Eintreffen der Taxe ganz ruhig gewesen, gleichsam wie erstarrt, so schlugen jetzt quälende Gedanken und Vorstellungen mit der Wucht sich überschlagender Wellen über ihr zusammen. Unsagbare Angst sprang sie an, würgte sie, bis alles in ihr unterging in einer furchtbaren, körperlichen Übelkeit.

Aufstöhnend schlug sie die Hände vors Gesicht.

Vor drei Tagen erst waren sie bei ihnen zu Besuch gewesen. Nur einmal kurz hereinschauen, hatten sie gesagt, und sie waren auch nur für eine kleine

Stunde geblieben. Spät am Nachmittag war es gewesen, und Herbert war gerade nach Haus gekommen. Eilig hatte er die Eltern begrüßt und hatte sich dann gleich an den Schreibtisch gesetzt. Auf der Couch hatten sie dann gesessen, die beiden alten Leute. Sie hätten sich ja so lange nicht gesehen, und sie hätten ganz einfach Sehnsucht gehabt. Und dass sie auch ganz bestimmt nicht stören wollten. So zufrieden sahen sie aus und ängstlich zugleich, wie hervorgeholt aus einer anderen, schon überlebten Welt. Und fast neidvoll hatte sie auf diese friedvolle Zweisamkeit geblickt, zu der sie keinen Zutritt hatte, und die nichts wusste von der Unrast und Hetze des sie umgebenen Alltags.

"... wie blass du wieder aussiehst..." hatte die Mutter dann besorgt gesagt. Sie hatte es ja gut gemeint, aber sie hätte das lieber nicht sagen sollen.

Eine heftige Entgegnung lag ihr auf der Zunge. Was wussten die Eltern denn schon, welche Kraft, welche Beharrlichkeit es kostete, so ein eigenes, kleines Geschäft aufzubauen bei der starken Konkurrenz in der heutigen Zeit?! Die Angespanntheit der letzten Wochen und Monate, die eigene, immer wieder mühsam unterdrückte Gereiztheit kroch unaufhaltsam in ihr hoch. Aber dann sagte sie doch noch: "Ich mach' uns gleich einen Kaffee..."

Die Mutter hatte die Hand gehoben. "... nein, Kindchen, nein... mach dir doch bitte keine Umstände. Wir wollen auch gleich wieder gehen..."

Und dann waren sie tatsächlich gegangen, die Eltern, bedrückt und fast ein wenig schuldbewusst.

83

Die Mutter gab ihr schnell noch einen zaghaften Kuss. "Schon' dich doch ein wenig, mein Kind, arbeite nicht zuviel..."

Als sie vor dem Krankenhaus ausstieg, war der Regen noch stärker geworden. Und da war auch schon Herbert bei ihr. Ganz fest nahm er sie in die Arme. "... es ist alles gut, Liebes... sie sind beide nur leicht verletzt... sie werden ambulant behandelt, und wir dürfen sie nachher gleich wieder mitnehmen ..."

Sie fühlte nicht den Regen, der über ihr Gesicht rann, sie sah nicht die fremden Menschen, die eilig an ihr vorbeihasteten und sie neugierig musterten. Sie fühlte nur, wie eine große Freude, tiefe Dankbarkeit und eine längst verloren geglaubte Demut, mehr und mehr vor ihr Besitz nahmen...

Irene Pätz

Treibholz auf dem Fluss

Die Luft war feucht. Er schlug den Mantelkragen hoch, und je mehr er sich dem Fluss näherte, um so zögernder wurde sein Schritt.

Er sah die Fähre vor sich: graue, quergelegte Bohlen auf zwei Vierkantbalken, an den Seiten rostiges Drahtseil als Geländer. Er erblickte niemanden, aber er wusste, dass der Alte da war. Sie hatten ihm gesagt, dass man ihn immer auf der Fähre finden könne, wenn man ihn suche. Er hatte ihn noch nie gesehen, aber jetzt, da alles getan war, schien es ihm unumgänglich.

Der Alte hockte auf einem zusammengerollten Tau und kratzte den Rost von einem Enterhaken. Er sah nicht auf. Erst als der andere sagte, dass er über den Fluss wolle, hob er den Kopf.

"... ich fahr' nicht. Ich fahr' überhaupt nicht mehr... Oben am Weg steht ein Schild. Die Fähre ist außer Betrieb..."

Der Jüngere trat zu ihm auf das schwankende Fahrzeug. "Ich weiß... trotzdem möchte ich rüber..."

Der alte Mann stützte sich auf den Enterhaken und stand schwerfällig auf.

"Morgen fang' ich an, das Ding auszuschlachten. Brett für Brett..." Er stieß mit dem Fuß gegen die Bohlen, und ein leichtes Zittern ging durch das Holz. Dann lachte er. Aber es klang nicht gut, das Lachen. "Ich darf es behalten... im Winter werd' ich es verheizen..."

Der andere zog einen Geldschein aus der Tasche. "Sie sollen es nicht umsonst tun..."

Der Alte sah ihn an. Es war ein durchdringender fast verständnisloser Blick. Dann machte er eine verächtliche Handbewegung. "Ich fahr' nicht für Geld... nicht mehr... aber wenn Sie unbedingt wollen... ich mach es so...'

Er ließ den Enterhaken fallen und trat ans Zugseil, das sich wenige Meter vor der Fähre im Wasser verlor. Der andere stellte sich neben ihn und sah zu, wie die harten, schwieligen Hände in das rauhe Seil griffen. Die Drahttrossen liefen durch die quietschenden Rollen, und langsam lösten sie sich vom Ufer. Der Jüngere glaubte, etwas sagen zu müssen. " Sie sind nicht von hier?"

Der Alte schüttelte den Kopf. "Ich bin hier hängengeblieben. " Gleichmäßig griff er in die Trossen, und das Floß glitt über das Wasser. "Es war sonst keiner da, der die Menschen nach drüben bringen konnte. Flüchtlinge, Männer, Frauen, Kinder, Greise... Hunderte, Tausende... ach, lassen wir das. Man fragte mich damals, ob ich bleiben wollte - und ich blieb. Später dann kamen die Bauern mit Pferd und Wagen und auch die Kinder, wenn sie nach drüben in die Schule mussten. Dann war hier immer alles voller Leben und Treiben, und sie neckten mich dann, weil ich so ganz anders sprach als sie..."

Sie standen jetzt ganz nahe beieinander. Plötzlich brach die tiefstehende Sonne durch die Wolken, und weit flussabwärts leuchtete die Brückenkonstruktion aus der Dämmerung des späten Nachmittags hell auf. Sie sahen beide unwillkürlich hinüber.

"... und dann kam die Brücke", sagte der Alte. "Sie kam ganz allmählich. Zuerst merkte man kaum etwas. Hin und wieder waren da ein paar Männer, die sich hier umsahen und anfingen, dieses und jenes auszumessen. Sie gingen wieder, andere kamen. Aber dann fingen sie an zu bauen, Tag und Nacht, wie die Ameisen." Und als der andere nickte:"... manchmal dachte ich, ich müsste etwas dagegen tun, irgend etwas..." Er holte tief Luft. "... aber was? Ich hasse die Brücke. Ich will sie nicht. Sie hat mir alles genommen... und jetzt bin ich nur noch ein Stück Treibholz..." Er stieß mit dem Fuß gegen die Planken. "... wie das alles hier... nutzlos, morsch... vor drei Wochen haben sie die Brücke freigegeben. Ich wollt' sie nie sehen, die Brücke. Aber einmal, ein einziges Mal, war ich doch da. Nachts. Ganz allein. Und ich muss sagen, es ist eine schöne Brücke, breit und so hoch, dass einem Angst werden kann. Ganz weit hinten, in der Ferne, konnte ich sogar die Lichter der Stadt sehen..."

Die Wolken zogen wieder einen grauen Schleier über die helle Brücke. Vom näherkommenden Ufer hörten sie das Kreischen der rostigen Rollen, durch die das Seil der alten Fähre lief.

"Ich weiß gar nicht, warum ich Ihnen das alles erzähle..." sagte der Alte, als sie am Ufer anlegten. "Sie werden wohl auch denken... was für ein alter Schwätzer, nicht wahr?"

Der Jüngere reichte ihm die Hand. Zögernd nahm sie der Alte.

"Nein, nein, es war sogar sehr gut, dass Sie mir das alles erzählt haben...' Und er sprang mit einem Satz ans Ufer. Er sah sich nicht mehr um, obgleich er den verständnislosen Blick des Alten im Rücken verspürte.Als er die kleine Gaststube betrat, nickte der Wirt ihm zu. Mit zufriedenem Lächeln füllte er das Bierglas, denn sein Lokal lag nahe der Autobahn, die über die neue Brücke führte.

"He, Alma", rief er mit beflissener Stimme nach hinten, "Bring das Essen, der Herr Brückeningenieur ist da..."

Helmut Pätz

Vergilbte Blätter

Er sah seinem Vater nach, bis dieser den Garten durchquert und den Wagen bestiegen hatte. Jetzt war er allein, frei, und doch lag eine Last auf ihm, die ihn einengte, ohne dass er zu sagen wusste, was es war.

Er wandte sich vom Fenster ab und ging nach nebenan in sein Arbeitszimmer. Am Schreibtisch blieb er stehen, stieß mit dem

Finger gegen den Globus und ließ ihn wieder ausrollen. Dann tupfte er auf irgendeine Stelle und dachte, dass er der einsamste Mensch auf der Welt sei. Ja, und auf einmal wusste er, dass es die Einsamkeit war, die ihn bedrückte und dass er sie noch nie so deutlich gespürt hatte, eine Einsamkeit, verstärkt noch durch all die vielen Ablenkungen, in die er hineingetaumelt war. Jetzt, da er sie zu verdrängen suchte, fühlte er sie fast körperlich greifbar. Kaum noch dachte er an Wilma und Jo, mit denen er für heute Nachmittag zum Segeln verabredet war. Dabei war das Wetter herrlich, ja, zum Segeln geradezu ideal. Man würde gut im Wind liegen.

Aber was bedeutete ihm das schon - Wilma, Jo, das Segeln und die vielen, albernen und nichtssagenden Gespräche, die sie miteinander führen würden und von denen er immer schon im Voraus wusste, wie sie verliefen. Ob Wilmas und Jos Eltern auch so wenig Zeit hatten für ihre Kinder wie sein Vater für ihn?

Er würde sie nachher anrufen, - nein, gleich, sich unter irgendeinen Vorwand entschuldigen. Er hatte einfach keine Lust! Wieder dachte er an seinen Vater und dann daran, dass morgen wieder eine Woche zu Ende ging, eine Woche von vielen.

Er trat an die Bücherwand, nahm wahllos einen Band heraus, blätterte darin und stellte ihn wieder ins Regal zurück.

Eine ganze Wand voller Bücher! Ob sein Vater sie alle gelesen hatte? Bestimmt nicht! Er hatte ja nicht einmal Zeit gehabt für seinen einzigen Sohn! Morgens sahen sie sich kaum, mittags nur kurz beim Essen. Voller Missmut dachte er an Vaters gewollt kameradschaftlichen Schulterschlag und an sein obligates, noch in gewohntem Geschäftsoptimismus erstarrtes Lächeln. Es gab nichts, was man sich in der kurzen, noch verbliebenen Zeit zu sagen hatte. Sie wussten kaum noch etwas voneinander.

Er nahm noch ein zweites Buch aus dem Regal, und da fielen ihm aus der dämmrigen Lücke ein paar Blätter entgegen, wie man sie vor vielen Jahren aus einem Briefblock herausgerissen haben mochte. Sie waren vergilbt. Er erkannte die steile, akkurate Handschrift seines Vaters, eckiger, ungelenker zwar als heute, aber doch unverkennbar.

Er zögerte, wollte die Blätter zurücklegen, aber da hatte er die ersten Worte schon in sich aufgenommen, dann die ersten Sätze. Reime waren es, stellte er voller Verwunderung fest, Gedichte. Keine, wie man sie in einer Zeitschrift oder gar einem Buch lesen konnte.

Es waren Verse, ungehobelt und unvollendet, wie ein Mensch sie niederschreibt, der jung und ratlos, außer einem einfachen karierten Blatt Papier niemanden hatte, dem er sich anvertrauen konnte.

Er setzte sich, vertiefte sich in das Geschriebene und erkannte sich selbst wieder in diesen Zeilen, sich selbst und seine eigene Verlassenheit, zugleich aber, wie ein Spiegelbild, undeutlich fern erst, dann immer deutlicher, den Vater - einen hilfe- und liebesuchenden Menschen wie er selbst. Einer, der sich herumgeschlagen haben musste mit ähnlichen Problemen, fast den gleichen bohrenden Fragen. Genau wie er...

"Du, Vater", sagte er beim Abendessen, ohne aufzusehen. Er zögerte. "... wir könnten einen Spaziergang machen, morgen früh... wenn du Zeit und Lust hast, natürlich, meine ich..."

Der Vater war überrascht und es verging eine Weile, ehe er antwortete. "Ob ich Zeit habe?... Ja, gehst du denn nicht zum Segeln mit deinen Freunden?"

Der Junge schüttelte den Kopf. Dann blickte er auf. "Morgen nicht... wenn du...?"

Da fühlte er plötzlich, wie sich eine Hand auf seinen Arm legte. Und ein Stückchen ihrer

Fremdheit war abgebröckelt. Dann schwiegen
sie wieder. Aber es war ein gutes Schweigen...
Helmut Pätz

Aber er kommt jeden Tag

Er warf einen kurzen Blick auf den riesigen
Rosenstrauß hinter sich auf dem Rücksitz und
lächelte zufrieden. Auch die Schachtel mit den
Pralinen aus dem Delikatessengeschäft war genau
zum richtigen Zeitpunkt eingetroffen. Wie immer
und alles hatte sie auch das gut gemacht, die
Müllerin. Sie war schon eine tüchtige Sekretärin!
Aber er hatte schließlich neben seinen vielen
beruflichen und letzten Endes auch privaten
Verpflichtungen für so etwas absolut keine Zeit.
Genau besehen hatte er eigentlich überhaupt keine
Zeit, seine Frau zu besuchen. Da stand noch die so
überaus wichtige Besprechung mit Claasen & Co
im Raum. Dieser Auftrag war für seine Firma
besonders wichtig! Im Zusammenhang damit gab
es noch Zahlen zu überprüfen und zu vergleichen
mit verschiedenen Konkurrenzangeboten, die man
ihm unter der Hand zugespielt hatte... Nein,
eigentlich hatte er keine Zeit, sie zu besuchen!
Aber sie wartete auf ihn, und auch der behandelnde
Arzt hatte am Telefon gesagt zu ihm:" Kommen
Sie, kommen Sie bald... besuchen Sie Ihre Frau so
oft wie möglich... es wäre gut für den erfolgreichen
Verlauf ihrer Genesung..." Natürlich wäre es gut,
das wusste er schließlich selbst. Aber ebenso gut

wäre der günstige Geschäftsabschluß, für ihn, für die Belegschaft und letzten Endes doch auch für sie! Es hing so viel davon ab...

Sein Blick streifte flüchtig den dunklen Wald, der die Autobahn säumte, und seine Gedanken verloren sich in endlosen Zahlenkolonnen.

Plötzlich schrak er zusammen. Verdammt, konnte der denn nicht aufpassen, dieser schwarze Lederjüngling da vor ihm auf dem Motorrad? Noch so ein blöder Schlenker, und er würde ihn mal gehörig anhupen! Diese Jungen! Brausten daher auf ihren Feuerstühlen als gehöre ihnen die Welt! Rücksichtslos waren sie alle miteinander, rücksichtslos und gedankenlos obendrein! Jetzt drehte der sich auch noch um, und trotz des Sturzhelmes, der fast das ganze Gesicht verdeckte, sah er die blitzenden Zähne.

Er trat aufs Gaspedal, und noch beim Überholen hatte er das Gefühl, daß der Motorradbengel über ihn lachte...

"... ich werde in der nächsten Zeit nicht oft kommen können", sagt er. Sie saßen auf der Bank zwischen den Bäumen. "Du weißt, das Geschäft... es ist so ungeheuer wichtig für uns alle... aber ich werde öfter mal anrufen." Er sah sie an und lächelte abwesend. "Du hast Dich gut erholt... schließlich ist es ja auch das beste Sanatorium, das wir hier haben..."

Ihrer beiden Blicke folgten dem jungen Paar, dass sich auf der Bank gegenüber niederließ. Zuvor hatte der junge Mann sorgfältig seine Jacke darauf ausgebreitet, eine schwarze Lederjacke. Voller Zartheit hielten seine muskulösen Hände die des zartgliedrigen Mädchens, als umschlössen sie etwas Zerbrechliches. Und als er sie mit blitzenden

Zähnen anlächelte, erkannte der Mann ihn jäh wieder.

Die Frau nickte grüßend zu den beiden hinüber. "Wir alle hier lieben die beiden", sagte sie, "sie sind so glücklich miteinander, trotz allem... er arbeitet irgendwo auf einer Baustelle, glaube ich, aber er kommt jeden Tag... jeden Tag, und mag *es* auch nur für eine Stunde sein..."

Er wollte etwas sagen, aber die Frau legte beschwichtigend ihre Hand auf seinen Arm. Der Mann sah sie an. Eine ganze Weile. Und nur ganz allmählich begriff er, wieviel Sehnsucht nach etwas längst Vergangenem in ihrer Stimme geklungen hatte...

Irene Pätz

Allein

Es war Mittag, und die Sonne malte helle Kringel auf das sattgrüne Laub der Büsche, die die kleine Bank im Stadtpark umgaben,

"Es ist nicht einfach..." sagte die alte Frau. Sie saß da, in ihrer dunklen Trauerkleidung. Ihr leerer Blick streifte die Jüngere, die neben ihr saß. "... auf einmal war ich allein..." Ihre Stimme klang erstickt, aber sie weinte nicht, und die andere atmete erleichtert auf. "... es war nicht Recht von ihm, sich einfach so davonzumachen. Er hatte mir doch versprochen, mich nie zu verlassen..." und fast wie eine Anklage, wiederholte sie ihre Worte"... er hatte es mir doch versprochen..." Und nun fing sie doch an zu weinen. Aber ganz verhalten, als lehnte sie jede Art von Mitleid ab.

Eine ganze Zeitlang saßen sie einfach so da. Auch die Jüngere schwieg. Plötzlich aber griff sie liebkosend in die zerzausten Haare des kleinen Mädchens, dass sich schutzsuchend zwischen ihre Knie geflüchtet hatte, verfolgt von einem etwa gleichaltrigen Jungen, der ihr mit der kleinen, schmutzigen Faust drohte. Die junge Frau lachte leise auf. "... such' deine Spielsachen zusammen, mein Schatz, es wird Zeit, wir müssen nach Hause..." Sie nickte der Älteren noch einmal freundlich zu, murmelte hastig ein paar abschiednehmende Worte, und entfernte sich schnell, das Kind fest an der Hand haltend.

In den Blick der alten Frau kam jetzt so etwas wie Leben, als sie den beiden nachsah. "... wie gut sie es hat..." dachte sie bitter, "... wie jung sie ist und wie sicher. Wahrscheinlich werden sie daheim schon mit Ungeduld erwartet..." Sie konnte nicht verhindern, dass eine Welle von Selbstmitleid sie überschwemmte und ihre Trauer für kurze Zeit verdrängte.

Die junge Frau stand jetzt an der Ampel, lärmender Straßenverkehr umbrauste sie. Sie sah das Kind an ihrer Seite an, das fröhlich von einem Bein auf das andere hüpfte. Wie sage ich es ihr nur, dachte sie verzweifelt. Mein Gott, wie sage ich ihr nur, dass ihr Vater uns verlassen hat, dass es jetzt eine andere gibt, die er mehr liebt als uns beide...

Dann gab das grüne Licht der Verkehrsampel die Fußgänger frei. Sie umschloss die Hand des Kindes noch fester. Eine große dunkle Wolke schob sich plötzlich vor die Sonne, als sie die Straße überquerten.

Irene Pätz

Begegnung am Horizont

Die Luft war stickig, und die Schatten des späten Nachmittags breiteten sich aus in dem kleinen Warteraum der ländlichen Bahnstation.

"Ich warte..." sagte die alte Frau am Fenstertisch.

Der Herr, der ihr gegenübersaß, wirkte ungehalten. Er war Vertreter einer großen Firma und hatte es eilig. Eine halbe Stunde zwischen zwei Zügen, - kaum Zeit genug, die Unterlagen noch einmal zu überfliegen. Er nippte am Kaffee, aber da er noch zu heiß war, setzte er die Tasse wieder ab. Dabei hob er kaum den Kopf.

"Ich warte", wiederholte die Frau, unbewusst, für sich selbst. Sie sah unentwegt zum Fenster hinaus. "Ich komme hierher, um ihn zu treffen."

"Wen?" Er fragte es, ohne von den Papieren aufzublicken.

"Meinen Sohn."

Er fühlte leichten Ärger in sich aufsteigen. "Sie wohnen hier im Ort?"

"Oh, nein, " Sie seufzte auf. "Eine ganze Tagesreise ist es. Aber jedes Jahr komme ich einmal. Und dann warte ich. Weiter nichts. Ich warte... Immer hatte ich gehofft, er würde dabei sein."

"Wobei?"

"Bei den Transporten. Ich hab' sie ankommen sehen. Alle. Einmal - dachte ich - einmal würde er dabeisein... Oh, es waren viele Menschen hier... Ich stand da hinten immer, sehen Sie, da draußen am Gitter."

Für einen Augenblick ruhte sein Blick auf ihr, auf dem silbriggrauen Haar, das unter dem altmodischen Hut hervorquoll, auf dem schlichten, dunklen Mantel und den zitternden Händen, die auf dem Griff des Handstocks lagen. Plötzlich wandte sie den Kopf, sah ihn an, und er war betroffen über das ruhige, zuversichtliche Licht in ihren Augen.

"... und Ihr Sohn?"

Der Ausdruck ihres Gesichtes veränderte sich nicht. "Er war nicht dabei."

Er legte das Papier beiseite.

"Nein, er war nicht dabei." Wieder blickte sie hinaus auf die Schienen, auf denen eine einzelne Rangierlokomotive fuhr. Dann sah sie ihn an.

"Aber man muss doch warten, nicht wahr? Man kann es doch nur ertragen, wenn man wartet..." Es war eine bange Frage, und sie forderte eine entschiedene Antwort.

Er nickte. "Ja, das muss man. Und sie glauben wirklich, dass..."

"Mein Sohn?" Sie schüttelte den Kopf. "Er kommt nicht mehr. Trotzdem warte ich... Sehen Sie, da hinten, am Horizont, wo die Schienen zusammenlaufen, da begegnen wir einander... unsere Gedanken, unsere Herzen. Wo immer er auch sein mag, da sind wir uns am nächsten..."

Sie verstummte. Jetzt erst schien sie zu bemerken, dass ihr jemand zuhörte. "Ach, entschuldigen Sie, mein Herr. Ich habe Sie gestört. Das tut mir leid..."

Sie stand auf. Mit kleinen, behutsamen Schritten, mit dem Handstock tastend, durchquerte sie den Raum mit den wenigen runden Tischen.

"Aber Sie haben mich doch gar nicht..."

Er erhob sich ebenfalls, aber sie hörte ihn nicht mehr. Die Tür fiel hinter ihr zu.

Er setzte sich wieder und sah zum Fenster hinaus, wo die Nacht sich anschickte, zaghaft die Schleier des Tages von den Sternen zu ziehen, und wo der

Horizont mehr war als eine verschiebbare Linie zwischen zwei Bahnstationen, sondern etwas Feststehendes, Absolutes, auf dem zwei Menschen einander begegnen können.

Der Kaffee war kalt geworden. Er schob die Tasse von sich und schloss nachdenklich mit einem hörbaren Laut den Aktenkoffer.

Helmut Pätz

Begegnung mit dem Herbst

Ich blicke aus dem Fenster. Unter mir der Baum. Schwarze Äste in trübgrauem Himmel, überragt er Häuser und Dächer. Die Zweige sind kahl. Heute Morgen hat jemand die abgefallenen Blätter zu einem Haufen zusammengefegt. Mit ihnen die Früchte, die gestern noch in der späten Sonne golden aufleuchteten. Niemand pflückte sie oder sammelt sie ein. Niemand erhebt Anspruch auf sie. Auch nicht der Hausbesitzer, der irgendwo außerhalb wohnt.

Es gab eine Zeit, die weit zurückliegt, die mich dennoch nicht loslässt. Auch damals hatten die Früchte in einer tief stehenden Sonne geleuchtet. Aber nicht eine war abgefallen. Alle waren sie gepflückt worden, behutsam, damit keine zu Schaden kam. Jeder Haus-bewohner hatte seinen Teil abbekommen. Eine Kostbarkeit, für uns Kinder.

Heute Morgen wurden sie zusammengefegt auf steinernem Hofpflaster. Keiner kümmerte sich darum, auch nicht um die, die noch in den Zweigen hingen bis zum nächsten stärkeren Windzug. Keiner. Und ich? Ich selbst? Gewiss, es ist nicht wegen der Birnen, die man an jedem Marktstand kaufen kann. Es ist, weil ich an früher denke...

Mit einer einzigen Handbewegung wische ich den Gedanken weg. Nein, es wäre gegen mein Bewusstsein als zivilisierter Bewohner eines modernen Hauses gewesen, zu meinem Hauswirt zu gehen und ihn zu bitten... Und dann die verständnislos mitleidigen Blicke der Nachbarn und ihr Kopfschütteln, wenn ich wie ein Kletteraffe im Baum herumturne...

Wie gesagt – einige Früchte hängen noch dran. Eine Krähe pickt mal hier, mal dort, wendet sich voller Überdruss wieder ab von dieser Fülle.

Und dann, am späten Nachmittag, beobachte ich sie - die zwei Jungen. Misstrauisch nach allen Seiten sichernd, als seien sie nicht sowieso aus jedem Fenster zu erkennen, gelangen sie über die Teppichstange ins kahle Geäst, um die letzten Schätze eines reichen Herbstjahres auf echte Jungenart zu ernten. Sie als einzige mochten noch etwas von dem Geist jenes alten Ribbeck auf Ribbeck verspüren und vielleicht die geheimnisvoll flüsternde Stimme vernehmen:"... Jung, willst 'ne Beer?"

Ich trete vom Fenster zurück. In mir ist so etwas wie Dankbarkeit. Diese Jungen, sie geben mir mehr als nur eine Jugenderinnerung, sie tun fast etwas zu meiner Ehrenrettung...

Helmut Pätz

Belanglose Formalitäten

Ich schüttelte den Kopf. "...nein, ich kann Ihnen da leider auch nicht helfen..."

Nach Scheuermitteln roch es, nach Desinfektion und nach blanker Sauberkeit. Aber die Farbe der hohen, dunkelgestrichenen Türen fing schon an abzublättern, und die einstmals glänzenden Klinken waren matt geworden von den vielen Handflächen, die sie niedergedrückt hatten. Auch die schmalen, an die Wand gerückten Holzbänke zeigten deutliche Spuren vom stundenlangen Sitzen und Warten der unzähligen Menschen, die hier durch dieses Amt gegangen waren.

Sie saßen - oder standen da. Die meisten von ihnen hielten die ausgefüllten Formulare in der Hand, lasen sie nochmals Wort für Wort durch, wobei sie tonlos die Lippen bewegten. Alle hatten dieselben Fragen in den dunklen Augen und aus ihren fremdländischen Gesichtern sprachen Ratlosigkeit.

Wie ein unsichtbarer Schleier lastete es auf allen, auch auf mir, die ich nur wegen einer belanglosen Formalität, die aber mein persönliches Erscheinen erforderte, hier erschienen war. "... ich kann Ihnen wirklich nicht helfen..." Nochmals schüttelte ich den Kopf. Ich tat mich selbst so schwer mit bürokratischen Dingen und war immer froh, wenn jemand so etwas für mich erledigte.

Die Frau neben mir faltete daraufhin die Formulare wieder sorgsam zusammen. Sie war nicht mehr jung, aber auch noch nicht alt. Ihre Hände waren verarbeitet, aber die Haare, die unter dem streng geknoteten Kopftuch hervorsahen, glänzten dunkel, und die großen fragenden Augen hatten ihren Schimmer noch nicht verloren.

"... so wichtig für mich... diese Papiere...", versuchte sie mir in ihrer holprigen Sprechweise zu erklären, "... ja, ich brauche sie doch unbedingt wegen..." Und dann brach es aus ihr hervor. Sie erzählte von all den Schwierigkeiten, mit denen sie zu kämpfen hatte, von ihren Nöten und Ängsten, von dem Heimweh, das sie immer wieder befiel, und der Hoffnung, dass doch alles einmal besser werde.

Es war wie ein endloser Strom, der da über mich hereinbrach, ein Strom, den ich nicht einzudämmen vermochte und wohl auch gar nicht wollte. Und zwischendurch legte sie die Hände auf meinen Arm, zog sie aber schnell wieder zurück, obwohl ich regungslos dasaß und ihr zuhörte.

Da wurde ihre Nummer aufgerufen, und sie erhob sich so hastig, dass ihre Formulare zu Boden fielen. Fast gleichzeitig bückten wir uns danach, und während wir so auf dem Boden hockten, ergriff sie meine Hände und sagte leise:"... danke...", und dann noch einmal "... danke..."

Sie ließ mich nachdenklich und fast ein wenig betroffen zurück. Sie dankte mir. Und dabei hatte ich ihr doch so gar nicht helfen können, nichts für sie tun können, als einfach nur dazusitzen und ihr zuzuhören...

Irene Pätz

Herbstgeschichte mit Pointe

Bertram warf den Kugelschreiber hin. "Woran denkst du, wenn du das Wort 'Herbst' hörst?" fragte er seine Frau.

"An die undichten Fenster..." kam prompt die Antwort aus der Küche.

"Und sonst nichts?"

"... und dass noch kein Heizöl im Tank ist..."

Bertram war verzweifelt. "Ist das alles?"

Sie trat ins Zimmer. "Was soll die alberne Fragerei?"

"Mein Verleger", stöhnte er. "Eine Herbstgeschichte will er haben, eine Herbst-geschichte mit Pointe... Eine Frühlingsgeschichte hatte ich ihm geschickt. Auch eine Sommergeschichte. Beide kamen postwendend zurück. Und jetzt?! Ausgerechnet eine Herbstgeschichte! Ich bitte dich, wer hat schon im Herbst Ideen für eine Geschichte?"

"Du solltest hinausgehen", riet ihm seine Frau," und dir den Herbstwind um die Nase wehen lassen... dann wird dir schon etwas einfallen..."

Er zuckte resigniert die Schulter und verließ das Haus, um ausgerechnet in diesem Augenblick seinem Freund Karl in die Arme zu laufen.

"Bertram!" rief der aus. "Du machst ein Gesicht, als hättest du im Lotto verloren!"

Bertram klagte ihm sein Leid. Karl hörte zu.

"Komm", sagte er dann, "gleich gibt's Regen. Wir gehen ein Bierchen trinken und plaudern ein wenig. Dabei wird dir schon das eine oder das andere einfallen..."

Ihm fiel nichts ein. Auch nach dem dritten Bier und dem vierten Grog nicht. Dann kamen noch Ede und Alfie hinzu. Jeder gab eine Runde aus. Alle bedauerten sie Bertram und meinten übereinstimmend, dass ihm schon noch etwas einfallen werde. Etwas später dachte dann keiner mehr daran.

Es war schon dunkel und goss in Strömen, als Bertram heimwärts wankte, - und plötzlich glitt er aus. Irgendetwas rutschte niederträchtig unter seiner Sohle hinweg.

"Ein Herbstblatt", kam ihm im Fallen noch die Erleuchtung, "das erste abgewehte Blatt... wenn das keine Pointe ist?" Dann wusste er von nichts mehr...

Ein wuchtiger Schatten kam langsam auf ihn zu, beugte sich über ihn, und dann tauchte nach und nach der Kopf des Hausarztes aus nebelhafter Ferne vor ihm auf. Daneben, ebenfalls weit weg noch, das besorgte Gesicht seiner Frau. "Na, mein Lieber", vernahm er die Stimme des Arztes wie aus einer anderen Welt, "das ist ja eine schöne Geschichte..."

Geschichte... Geschichte... Da war irgend etwas, das sein Gehirn gleich zu peinigen begann. Richtig! Die Herbstgeschichte mit Pointe... das Blatt, auf dem er ausgerutscht war...

Er schoss in die Höhe. "Schnell", rief er, "Bleistift und Papier her... die Pointe, ehe ich sie vergesse!"

Seine Frau sah ihn verständnislos an. "Pointe?"

"... für die Herbstgeschichte... du weißt doch, mein Verleger wartet!"

Da trat sie zu ihm und drückte ihn sanft in die Kissen zurück. Sie lächelte. "Herbstgeschichte? -Bertram, Liebster! Du hast acht Wochen ohne Bewusstsein gelegen. Es geht auf Weihnachten zu. Dein Verleger hat eine Geschichte angefordert... für den kommenden Frühling..."

Helmut Pätz

Herr Stahmer ist empört

Und das mit Recht. Er saß im Bus und las die Abendzeitung. Es war unfassbar. Jeden Tag las man so etwas: Diebstahl, Betrug, Einbruch, Demonstrationen - und Schlimmeres.

Dieses Mal ging es ihn aber sogar selber an, betraf ihn irgendwie persönlich, wenn auch nur ganz entfernt, vorüberhuschend nur, doch bemerkbar.

"... unterschlagen... eine Summe von zwanzigtausend ... W. Weber... Prokurist der Firma M. in P..."

Und mit so etwas hatte man viele Jahre Haus an Haus gewohnt. Einmal hatte er sogar mit dessen Frau auf einem Fest getanzt. Jetzt noch, nach so langer Zeit, empfand er es als äußerst peinlich. Na, er hatte jedenfalls damals gleich gespürt, dass diese Leute nicht ganz sattelfest waren. Wollten unbedingt imponieren. Da konnte man mal sehen: Hoch hinaus fällt tief!

An seiner gewohnten Haltestelle stieg er aus. Er drückte den steifen Homburger in die Stirn, faltete sorgfältig die Zeitung zusammen, hängte den Regenschirm über den Arm und stemmte sich, gestärkt durch seinen kleinen, aber gerechten Groll gegen alle großen und kleinen Gesetzesbrecher dem rauhen Wind entgegen, der über den freien Platz fegte. Noch ein, zwei Straßen - und er war zu Haus.

Seine Empörung aber wuchs. Wohin käme man denn, wenn jeder das täte, was er wollte? Er jedenfalls war Zeit seines Lebens nie vom geraden Weg abgewichen, und es würde auch in Zukunft nichts geben, was ihn je dazu veranlassen könnte. Und Herr Stahmer schritt aus, sich auf seinen Schirm stützend, als eine besonders kräftige Böe aus Nordwest ihm jäh den Hut vom Kopfe riss und mit einer eleganten Schleife zu einem Bretterzaun einer großen Baustelle auf der anderen Straßenseite hinübertrieb.

Herr Stahmer stand wie erstarrt. Fast nackt fühlte er sich vor den Augen der wenigen Passanten, die sein Missgeschick sahen und belächelten. Herr Stahmer presste Aktentasche und Schirm fest an sich, als wollte er sich daran festhalten. Ja, so waren sie, die lieben Mitmenschen, boshaft und schadenfroh!

Zwischen einigen verhalten fahrenden Autos hindurch eilte er schnell, aber doch so würdevoll, wie es ein gut gekleideter Herr ohne dazugehörigen Hut vermochte, über die Straße.

Wo war nun sein Hut abgeblieben? Es war zum Verzweifeln. Nirgendwo eine Öffnung, eine Lücke im Zaun. Alles versperrt und vernagelt. Er klopfte gegen die Bretter, zaghaft erst, dann immer zorniger, legte seinen Mund an ein Astloch, rief, man möge ihm doch seinen Hut zurückreichen...

Niemand antwortete. Es war schon Feierabend.

Er ging um den Zaun herum. Dann sah er ein Schild: "Betreten der Baustelle verboten!" Die Tür daneben war ebenfalls verschlossen.

Herr Stahmer aber hatte nur noch einen Gedanken: Sein Hut! Er war sehr teuer gewesen. Aus dem besten Haus am Platz. Schließlich war man doch wer! Und von diesem läppischen Nordwestwind, der sich erdreistete, das gute Stück einfach hinwegzufegen, sich unterkriegen lassen... Niemals!

Er blickte sich um. Kein Mensch war zu sehen. Fieberhaft überlegte er. Hier ging es schließlich um seinen ganz persönlichen Besitz. Man konnte doch nicht einfach irgendwo einen Bretterzaun hinsetzen und einen guten Staatsbürger dran hindern, wieder an sein verlorengegangenes Eigentum zu gelangen. Überhaupt, man konnte doch nicht einfach...

Und schon hatte er den Schirm zwischen zwei Bretter geschoben, quietschend gaben die Nägel nach, Holz splitterte mit einem hässlichen Geräusch -und die Schirmspitze brach ab.

Erschrocken wich er zurück, betrachtete mit wiederaufkommender Wut seinen lädierten Schirm, und dann - er wusste selbst nicht wie - befand er sich auch schon jenseits des hohen Zaunes.

Herr Stahmer bewies nun eine erstaunliche Ausdauer und Zähigkeit. Er fand vieles: Steine, Mörtel, Säcke mit Kalk, - nur seinen Hut, den fand er nicht. Erst, als seine Schuhe weißgepudert waren, an seinem Mantel zwei Knöpfe fehlten und ein riesiger, rostiger Nagel ein Dreieck in seinen Ärmel gerissen hatte, trat er zähneknirschend als geschlagener Mann den Rückzug an und hangelte sich keuchend wieder über den Bretterzaun hinab...

"Ihr Hut, mein Herr?"

Die Stimme des Polizisten war ruhig und gleichmütig, aber die Blicke, mit denen er die jetzt ausgesprochen schäbig wirkende Eleganz des fassungslosen Herrn Stahmer musterte, sprachen Bände.

Der Homburger glänzte schwarz und unversehrt in der Hand der uniformierten Obrigkeit. "... er wehte mir direkt vor die Füße..."

Wenig später schritt ein zerknirschter Herr Stahmer über die Straße. In seiner Tasche knisterte eine Quittung über eine erkleckliche Summe Ordnungsstrafe. Er ging langsam, nicht mehr ganz so würdevoll, nicht mehr ganz so selbstsicher wie vordem und war nun um die bittere, aber vielleicht heilsame Erfahrung reicher, dass es nur eines einzigen Windstoßes bedurft hatte, um ihn, den so

überaus korrekten Bürger eines Staates, vom geraden Weg abzubringen...
Helmut Pätz

Niemand besuchte ihn

Als sie das Zimmer betrat, lag er regungslos da, wie immer. Auf einmal befiel sie tiefe Mutlosigkeit, und sie konnte sich nicht vorstellen, dass es einmal anders sein könnte mit ihm.
Sie wusste selbst nicht, warum sie auf eine Besserung gehofft hatte, die ganze Zeit über. Was ging er sie überhaupt an, dieser alte Mann, den sie vorher noch nie gesehen hatte, und von dem es so viele gab in diesem riesigen Krankenhaus. Warum wartete sie gerade bei ihm so verzweifelt auf das geringste Zeichen wiederkehrenden Lebenswillens? Und weshalb überhaupt ging sie immer wieder zwischendurch zu ihm, nur um nach ihm zu sehen, ihm das weiße Anstaltshemd über die eingefallenen Schultern, die verrutschte Decke über die bloßen Füße zu ziehen?
"... gib es auf, Mädchen", hatte die Oberschwester zu ihr gesagt, als sie mit einer Tasse heißen Kakaos vor seiner Zimmertür gestanden hatte, "ein Zuviel ist nicht gut in unserem Beruf... für uns nicht und für die da drinnen auch nicht." Mehr hatte sie nicht gesagt, und das verwunderte sie, denn die Ältere war gefürchtet wegen ihrer Strenge und ihrer bissigen, aber meist zutreffenden Bemerkungen. Vielleicht aber mochte es daher rühren, dass sie als einfache Lehrschwester immer ein bisschen mehr tat, als man von ihr erwarten durfte.
In den ersten Tagen, nachdem der alte Mann eingeliefert worden war, hatte sie immer auf

106

Angehörige von ihm gewartet. Aber er hatte wohl keine mehr, denn niemand kam, um ihn zu besuchen. Und er erwartete wohl auch keinen. Nie wandte er den Kopf, wenn die Tür aufging. Überhaupt war seinem Gesicht nicht die geringste Gemütsbewegung anzumerken, was auch rings um ihn her geschah.

"... er ist überm Berg", hatte der Stationsarzt nach der letzten Visite gesagt, "die Entzündung ist abgeklungen. Sauerstoff braucht er jetzt nicht mehr. Er kann aus eigener Kraft wieder atmen... Wenn er nur wollte! Aber in seinem Alter... er hat einfach keinen Lebenswillen mehr... da hilft selbst unsere beste Medizin nichts..."

Es ließ ihr keine Ruhe. Jeden Morgen legte sie die Zeitungen und Zeitschriften auf den kleinen Tisch neben sein Bett, seine Brille sorgfältig obendrauf. Aber er griff nie danach. Jeden Tag gab sie den Blumen, die sie von ihrem schmalen Verdienst für ihn gekauft hatte, frisches Wasser und stellte sie in seinen Blickwinkel. Aber er schien es nicht zu bemerken. Jeden Nachmittag brachte sie ihm den Tee in einer Schnabeltasse. "... er muß unbedingt viel trinken wegen seiner Nieren", hatte der behandelnde Arzt mehrfach gesagt. Aber er trank nicht. Er wollte einfach nicht mehr. Manchmal war sie nahe daran, aufzugeben. Welches Recht hatte sie denn überhaupt, ihn an ein Leben zu binden, das er nicht mehr wollte? - Sie wusste es nicht, nur ganz tief im Innern fühlte sie, dass sie ihn nicht aufgeben konnte...

Und doch, als sie jetzt eintrat, war auf einmal irgend etwas anders in diesem kleinen, weißgetünchten Raum, in dem die Zeit stillzustehen schien angesichts der steten starren

Gleichgültigkeit dieses alten Mannes. Sie war nicht ganz sicher, was es eigentlich war: ein kaum v e r n e h m b a r e r L a u t , e i n e h u s c h e n d e Handbewegung oder die leise, zittrige Stimme, die sie noch nie vorher gehört hatte:"... schöne Blumen..." und dann das erlösende: "... ich möchte trinken... ich habe Durst..."

"... na, endlich... unsere Behandlung scheint angeschlagen zu haben", sagte der Arzt zur Oberschwester. Er lächelte zufrieden. "Aber achten Sie weiterhin auf strikte Einhaltung meiner Anweisungen..."

Auch die Oberschwester lächelte jetzt, aber ihr Lächeln galt der kleinen Lehrschwester, die gerade an ihr vorbeiging...

Irene Pätz

Nur noch Erinnerungen

Als er an der kleinen Station den Zug verlassen hatte, war das unbestimmte, bange Gefühl wieder da. Er ging langsam auf das Wartehäuschen zu. Er sah keinen Menschen, und er war froh darüber. An der Sperre reichte er dem alten Merkel die Fahrkarte. Er sah Merkel an, Merkel sah ihn an. Wortlos. Als er die muffige Halle verließ, spürte er die Blicke des Alten im Rücken.

Ein Hund, der vor dem Stationsgebäude herumstreunte, schnupperte an seinem Hosenbein. Er ging über das holprige Kopfsteinpflaster, und einige Hühner, die am spärlichen Gras pickten, wichen nur widerwillig aus. Es hat sich nichts verändert seit damals, dachte er...

Vor ihrem Häuschen hackte die alte Marthe die Gemüsebeete. Sie starrte ihn an, und unwillkürlich hob er die Hand zum Gruß. Sie jedoch erwiderte ihn nicht und murmelte nur etwas Unverständliches vor sich hin. Auch sie schien ihn nicht wiedererkannt zu haben.

Am Dorfausgang wurde sein Schritt langsamer, so langsam schließlich, als wollte er sein Ziel gar nicht erreichen.

Aber dann stand er doch auf dem Hof. Er wartete auf Harros freudiges Bellen, aber die Hundehütte war leer. Vor dem Stallgebäude standen zwei neue Traktoren. Er trat näher und seine Hand strich beinahe zärtlich über die grüne Farbe. "So etwas hätten wir damals gebraucht..."

Auf einmal verspürte er eine lähmende Müdigkeit und er lehnte sich gegen die Motorhaube. Er schloss die Augen, und vor ihm tauchte das alte, von der Sonne gegerbte Gesicht des Vaters auf. "Nein, ich komme nicht mit zur Bahn. Wenn du meinst, dass du drüben dein Glück machen kannst... Ich halte dich nicht. Was du von jetzt an tust, das geht mich nichts mehr an..."

Und so war er gegangen, an jenem Abend - ganz allein.

Er hatte nie geschrieben, nach der Ankunft nicht und auch nicht in all den Jahren danach. Als er später dann die Nachricht vom Tode des Vaters erhielt, wusste er plötzlich, dass er noch einmal zurückkommen würde...

Als er die Augen wieder öffnete, war da ein unbekanntes Gesicht vor ihm, und zwei fremde Augen musterten ihn misstrauisch.

"Berger?" Der Mann schüttelte den Kopf. "Der lebt doch nicht mehr. Der Hof gehört jetzt mir." Er machte eine umfassende Handbewegung, und Stolz klang in seiner Stimme auf. "Sie hätten das hier mal vorher sehen sollen. Nein, der alte Berger hatte das nicht mehr geschafft... Ich kann Ihnen sagen, es war gar nicht so einfach, das alles wieder auf Vordermann zu bringen..."

Zusammen gingen sie dann noch durch das Haus, durch die modern angelegten Ställe. Nichts mehr erinnerte an früher. Fast nichts mehr. Beim Abschied reichten sie sich die Hände.

Er überquerte den Bach mit der kleinen Holzbrücke. Er sah die Schornsteine der neuen Zementfabrik, die sie jenseits des Waldes erbaut hatten, und er sah den gelben Qualm, der hochstieg, sich wieder niederschlug und alles zuzudecken schien. Er sah das Wasser unter sich, das trübe war, und durch das man nicht mehr hindurchsehen konnte bis auf den Grund wie früher. Er sah, wie der gierige Griff der Stadt sich bis ins Land vortastete. Und er sah, dass dieser unerbittliche Griff nach und nach alles zerstören würde, was die Erinnerung ihm noch gelassen hatte...

Die Straße nahm ihn wieder auf, und in den Fensterscheiben der Häuser spiegelte sich die untergehende Sonne.

Eine Frau kam ihm entgegen. Sie hielt ein Kind an der Hand. Als sie nur noch ein paar Schritte von ihm entfernt war, blieb sie ruckartig stehen.

"Hanna..."

"Thomas..."

Eine ganze Weile standen sie schweigend da. Der kleine Junge sah ihn neugierig an, und er strich ihm über das Haar.

"Dein Kind, Hanna?"

Sie nickte. "Ja, der Walter und ich... Wir haben geheiratet vor fünf Jahren. Du hattest nie wieder von dir hören lassen, seitdem du fortgingst, Thomas..."

"Nein..." sagte er.

Wieder schwiegen sie, und sie wussten beide, dass es nur noch die Erinnerung geben durfte für sie...Sie reichte ihm die Hand. "Leb wohl, Thomas..."

Als er sich noch einmal umsah, blickte nur der kleine Junge zurück.

Der Hund schnüffelte immer noch in der Nähe des Stationsgebäudes herum. Als er an ihm vorbeiging, knurrte er leise, fast feindselig, und in der Ferne schrillte die Lokomotive des nahenden Zuges.

Helmut Pätz

Alle hatten es gesehen...

Es geschah gleich beim Start unten am Erlenbach. Das Pferd war schlecht vom Grabenrand abgekommen, und wenig später fühlte er, dass die linke Hinterhand des Braunen lahmte. Bis dahin hatte er das Rennen angeführt. Über Hundert waren sie dieses Mal gewesen, und die Alten, die aus dem Dorf, sagten, dass noch nie so viele dabei gewesen waren.

Jedes Jahr kamen sie hier zusammen. So war es immer gewesen, solange die Leute sich hier erinnern konnten. Jedes Jahr, wenn die ersten Frühjahrsstürme von den Bergen her über das Land brausten, wenn die letzten Eisschollen auf dem Fluss dem Meer zutrieben und die ersten Weidenkätzchen in den verkrüppelten Sträuchern aufbrachen, dann kamen sie hier zusammen, aus den Dörfern der Umgebung und auch von weither.

Jeder konnte mitmachen. Die Söhne der Gutsbesitzer ebenso wie die der Tagelöhner. Hier machte das keinen Unterschied. Nur von Pferden musste man etwas verstehen. Man musste nicht nur reiten können — man musste verwachsen sein mit seinem Pferd. Man musste es richtig lenken können, mit einem leichten Zug am Zügel, mit einem kaum spürbaren Schenkeldruck. Man musste mit ihm gehen können über Stock und über Stein, über Baumstümpfe und über schmale Flussläufe, und man musste sogar auf dem Rücken des Pferdes bleiben, wenn man durch ein breiteres Wasser schwamm. Man musste eins sein mit dem Pferd, und manch einer verzichtete sogar auf Sattel und Zaumzeug...

Für ihn war das Rennen vorbei. Er hatte nicht mehr die geringste Chance. Die anderen hatten ihn alle überholt. Die stampfenden Hufe schlugen in den Boden, weckten die dunkle, schlafende Erde auf. Dann verschwanden sie hinter dem hügeligen Weideland, von dessen grünem Teppich die noch tiefstehende Sonne die letzten Nebelschwaden aufscheuchte.

Einen Augenblick lang hatte er überlegt, ob er dem Pferd die Peitsche geben sollte. Es ging um viel. Um den Sieg für ihn — den Jungen —, um die Rechtfertigung für den Vater, für die ganzeFamilie.

Er sah das Gesicht des Vaters vor sich, als er vor dem Rennen noch einmal zu ihm getreten war. Stärker als sonst zog er das steife Bein nach. Dann griff er in den Halfter des Pferdes und sah tz ihm auf. Es war der Blick, vor dem er sich schon immer gefürchtet hatte. "... du musst dieses Rennen gewinnen, Junge.., der Braune ist das beste Pferd, das wir je hatten.., und du kennst ihn wie kein

112

anderer... komm' als Sieger zurück, mein Junge, komm nur als Sieger..."

Er presste die Lippen zusammen. Und mit der Lust, der Freude am Reiten, die ihn die halbe Nacht nicht hatte schlafen lassen, lastete die Angst wie ein schwerer Stein auf ihm, die Angst, zu versagen.

Und dann stellten sie sich mit ihren Pferden Seite an Seite in einer langen Reihe auf. Es war am Ausgang des Dorfes, ganz nahe am Fluss. Und der Fluss war auch das erste Hindernis. Ungeduldig scharrten die Tiere mit den Vorderhufen. Dann trat der alte Matthias vor und hob seine Jagdflinte.

Plötzlich hörte er durch das Rauschen des Windes in den nahen Bäumen, durch das Raunen der vielen Menschen und das Pochen des eigenen Herzens eine leise Stimme. Verena! Sie stand dicht neben ihm und er sah ihr langes Haar und ihre dunklen Augen. Sie atmete hastig.

"Hier..." sagte sie nur. In ihrer Hand hielt sie eine weiße Narzisse. "... schau, hier. Es ist die erste, du weißt schon vom Hang hinter unserm Haus." Dann huschte es wie ein schneller Schatten über ihr Gesicht. "... und gib Acht auf dich..."

Weiter nichts. Nichts vom siegen oder gewinnen. Und schon war sie wieder verschwunden. Vorsichtig schob er die Blume, die zart und ein wenig zerdrückt aussah, zwischen die Riemen des Braunen.

Und dann peitschte Matthias' Startschuss in den Morgen...

Fast auf den Tag genau acht Jahre waren es her, dass sein Vater zum letzten Mal mit geritten war. Davor hatte er mehrere Male hintereinander das Rennen gewonnen. Und jedes Mal war es derselbe Braune gewesen, mit dem er als Sieger durchs Ziel kam.

Die Braunen waren schon immer der Stolz der Familie gewesen, Seit Großvaters, ja, seit Urgroßvaters Zeiten schon. Aber dieses war das feurigste Tier, das man jemals hier in der Gegend gesehen hatte. Gleich nach dem Beginn des Rennens war es gewesen, als das Pferd gestolpert war und den Vater abgeworfen hatte. Aber der hatte nicht aufgegeben und sich trotz der beißenden Schmerzen wieder auf den Rücken des Braunen gezogen. Er hatte dem Pferd die Peitsche gegeben, wieder und immer wieder, und hatte auf seinem Rücken gehangen, als sei er mit ihm verwachsen. Und hatte all die anderen, die ihm davongezogen waren, doch noch überholt, alle, und war schließlich als Sieger durchs Ziel gegangen. Dann war er vom Pferd gesunken, und die Leute hatte ihn aufgefangen. Der Sturz hatte ihm die Kniescheibe zerschmettert, und der Braune hatte offen blutende Striemen im Fell gehabt. Die Leute aber hatten sich von ihm abgewandt. Kaum jemand noch sprach seither mit ihm. Er war ein harter Mann geworden seit jenem Tag, hart zu sich selbst, hart zu den anderen.

Und reiten hat er nie wieder können. Aber bei jedem Rennen war er dabei — Jahr für Jahr. Immer stand er abseits, verschlossen, abweisend, und wenn die Ersten durchs Ziel kamen, drehte er sich abrupt um und ging.

Die Hand des Jungen krallte sich um den Peitschenknauf Doch er spürte die zitternden Flanken des Braunen unter sich. Da wusste er, dass das Tier starke Schmerzen hatte, und er warf die Peitsche in weitem Bogen in das Gebüsch. Er griff dem Pferd beruhigend ins Halfter, ließ sich vorsichtig hinabgleiten und ging langsam neben ihm her.

Er dachte daran, wie der Vater ihm eines Tages den Braunen vorgeführt hatte. Schon damals hatte er gefühlt, dass das ein besonderer Tag sein müsse, denn zum erstenmal ging von dem sonst so ernsten und strengen Mann eine fast glückhafte Heiterkeit aus. "Hier, Junge... es ist dein Pferd...". Er hatte den Vater angestarrt, fassungslos vor Glück, eine ganze Weile: `... und eines Tages wirst du das große Frühjahrsrennen mitmachen.., und du wirst der Sieger sein."

Von da an gehörte der Braune wirklich ihm, und er ritt ihn, Tag für Tag. Im Hof anfangs, dann auf der Weide und schließlich ließ der Vater ihn den großen Flussbogen durchreiten. Sie waren eins geworden, der Braune und er, und es gab keinen Steilhang, kein Wasser und keinen noch so hohen Zaun, den sie nicht zusammen nahmen. Und oft sah er hinter einer Hecke oder hinter einem Busch das braune Gesichtchen der kleinen Verena, seiner Spielgefährtin. Immer aber war der Vater da. Schwerfällig schritt er, auf den Stock gestützt, das Gelände ab und seine Augen verfolgten ihn unnachgiebig, kritisch, tadelnd oft, um dann eines Tages zufrieden aufzuleuchten...

Er nahm den Hohlweg, um die Strecke abzukürzen. Behutsam zog er Verenas verwelkte Blume aus dem Halfter und strich dem lahmenden Tier zärtlich über das nasse Fell. Er atmete tief durch, und die ganze Angst fiel von ihm ab. Das Rennen, das würde jetzt ein anderer gewinnen, aber den Braunen, seinen Braunen, den hatte er nicht geschunden...

Er überquerte den großen Platz am Dorfeingang, der von den startenden Pferden völlig zertrampelt

115

worden war. Hier hatte Matthias das Rennen gestartet, und hier war auch das Ziel gewesen. Es war kein Mensch mehr da, der Platz war leer... die Leute hatte sich schon verlaufen. Und er wusste, dass es ihm einerlei war, wen sie als Sieger auf den Schultern davongetragen hatten.   *H.Pätz*

Ein sonniger Morgen

Das Fenster stand weit auf.
Sie spürte einen schwachen, kaum vernehmbaren Luftzug und die wärmenden Sonnenstrahlen, die wie zärtliche Hände ihr Gesicht streichelten.
Der Himmel über ihr war tiefblau und hoch. Ein Wölkchen segelte vorbei, einsam, verloren. Ganz in der Nähe sang ein Vogel, und fernes Motorengeräusch drang an ihr Ohr. Von irgendwo eine helle Kinderstimme, dann war es wieder still. Sie dachte an nichts. Wenige Minuten, die nur ihr ganz allein gehörten, dem täglichen Einerlei gestohlen. Sie war glücklich. Warum? Sie wusste es selbst nicht, aber sie war ganz einfach glücklich.
Und dann waren da Schritte. Sie weckten sie auf. Sie musste geschlafen haben. Am helllichten Tag - mit gekreuzten Beinen auf der niedrigen Fensterbank sitzend.
Sie sah den jungen Mann mit offenem Hemdkragen, wie er langsam näherschlenderte. Er pfiff vor sich hin, — ein Lied, irgendeine bekannte Melodie. Vielleicht kam es ihm ganz unbewusst nur so über die Lippen, aus reinster Freude am Leben. Auch für ihn gab es in diesem Augenblick nichts anderes Wichtiges auf der Welt, als einfach nur glücklich zu sein. Mit dem Fuß stieß er

übermütig einen kleinen Stein vor sich her.

Er erblickte sie jetzt und lachte ihr zu.

Sie lächelte zurück. Er sah sie an, während er mit weltmännisch in die Hosentaschen geschobenen Händen weiterschlenderte. Plötzlich stolperte er. Drei, vier Schritte. Er taumelte über den Grasstreifen, und sie lachte hellauf.

Sein Gesicht war blutrot übergossen. Immer noch lächelte er, verlegen jetzt, fast zornig dann. Am liebsten hätte er ihr wohl die Zunge ausgesteckt.

Doch dann ging er weiter, als wäre nichts geschehen. Mit betont gleichmütiger Miene pfiff er sein Lied weiter und verschwand um die Ecke.

Sie aber träumte noch vor sich hin, zwei, drei Minuten lang, — doch sie wusste, das würde genügen für den Rest des Tages... *Irene Pätz*

Die Zeit danach

Er saß vornübergebeugt auf der Bank und starrte in den Sand, in dem er mit dem Stock Striche und Kreise gezeichnet hatte. Er fühlte die wärmenden Sonnenstrahlen im Nacken.

Er merkte nicht, was um ihn herum vorging. Er hörte nicht das Lachen und Jauchzen der Kinder von drüben, vom Sandkasten her, und nicht die mahnenden Rufe der Mütter. Er hörte nicht einmal das Zwitschern der Vögel über sich in den Zweigen. Er sah und hörte überhaupt nichts. "In einer halben Stunde ist der Anpfiff", dachte er und strich mit der Hand über das Knie, in dem kein Gefühl mehr war. Er biss sich auf die Unterlippe. Zum wievielten Male spielten sie schon ohne ihn? Ob der eine oder der andere noch an ihn dachte?

Auf einmal sah er den länglichen Schatten neben sich im Sand. Eine leichte Hand legte sich auf seine Schulter. Er blickte nicht auf.

"Woher weißt du, dass ich hier bin?" Er wischte die Kreise und Striche mit dem gesunden Fuß wieder weg.

"Ich war bei deiner Mutter", entgegnete sie. "Sie sagte mir, dass du hier bist. Jeden Tag, sagte sie, bist du hier."

"Was soll ich denn sonst auch tun?" Zorn und Verzweiflung waren in seiner Stimme. "Auf dem Platz sehen die mich nie wieder. Nicht einmal als Zuschauer—"

Sie setzte sich neben ihn. "Wir haben uns lange nicht gesehen."

"Ziemlich genau ein halbes Jahr", sagte er. Mehr nicht. Dann schwiegen sie beide. "Du hättest nicht wiederkommen sollen", sagte er plötzlich. "Du weißt doch..."

Sie nickte. "Ich weiß alles. Die Zeitungen haben ja ausführlich genug über deinen Unfall geschrieben. Sie nahm seine Hand. "Und was wird nun?"

Er presste die Lippen aufeinander. Dann, nach einer ganzen Weile: "Ich werde nie wieder spielen können."

Wieder schwiegen sie. Ein paar Kinder liefen lachend vorbei.

"Und die anderen? Was sagen die dazu? Walter, Bert und vor allem der Lange?"

"Anfangs kamen sie fast jeden Tag und besuchten mich. Und jedes Mal, wenn sie sich verabschiedeten, sagten sie, es würde schon alles wieder in Ordnung kommen. Dabei wussten sie ganz genau, dass ich nie wieder spielen kann. Und dann habe ich ihnen gesagt, dass sie nicht wiederzukommen brauchen. Ich konnte das verlogene Gerede einfach nicht mehr ertragen... Die Zeitungen schreiben übrigens, dass sich mein Ersatzmann hervorragend eingespielt hat... ` Und dann fügte er leise hinzu: "Weißt du, die Zeit danach ist die schlimmste—"

Er sah sie an, und zum ersten Mal begegneten sich ihre Augen. Ein feiner Wind spielte in ihren Haaren. "Und du? Warum bist du gekommen?" Seine Stimme klang heftig. "Du wolltest doch nicht mehr. Entweder der Sport oder ich, so hast du damals gesagt. Ich sollte mich entscheiden, hattest du gesagt."

"Ja", sagte sie ruhig, "und du hattest dich entschieden. Aber nicht für mich. Und darum bin ich gegangen."

Er ließ ihre Hand los.

"Alle sagen sie, dass es wieder in Ordnung kommen wird mit mir. Auch meine Mutter , und der Trainer, überhaupt all meine Leute. Da kannst du fragen, wen du willst..."

Sie sah an ihm vorbei.

"Nein", sagte sie dann plötzlich, "nein, sie machen dir alle etwas vor. Alle. Aus Mitleid. Aber ich nicht. Ich kann das nicht. Ich weiß, dass du nie wieder spielen kannst. Und ich weiß sogar, dass du dein Knie nie wieder richtig bewegen kannst. Nicht einmal tanzen werden wir mehr miteinander können..." Sie lächelte ihn zärtlich an. "Aber spazieren gehen werden wir können... vielleicht zum Platz..." Und als er sie überrascht ansah: "Wir müssen doch sehen, wie die Jungen spielen..."

Helmut Pätz

Es wird Frühling

„Es wird Frühling", sagte der Fabrikant und legte die Hand auf den hohen Stapel von Bestellungen in Bademoden und sommerlichen Konfektion. "Ich rechne mit einer Umsatzsteigerung von mindestens zehn Prozent. "Er zündete sich zufrieden lächelnd eine dicke Zigarre an. "Wahrhaftig, ein herrlicher Frühlingstag, Frau Schulze, wir sollten ein wenig das Fenster öffnen und ihn hereinlassen..."

Witternd hob der Bauer das Gesicht in die noch nebelfeuchte Morgenluft. Er sah dem Zug Schwalben nach, der über ihn hinwegstrich. Dann rief er den beiden Pferden "Hü!" und "Ho!" zu und drückte die Pflugschar tief in die Erde, so dass sich die schwarzbraune Scholle fett-glänzend nach beiden Seiten aufwarf.

Die Hausfrau holte die überwinterten Geranien aus dem Keller und strich behutsam über die ersten, jungen Triebe. "Frühling... ." dachte sie, zupfte die welken Blätter vom vergangenen Jahr ab und stellte die Töpfe auf die Fensterbank ins Licht. Für einen Augenblick lang gingen ihre sehnsüchtigen Gedanken spazieren, weit weg in ferne warme Länder. Dann band sie sich energisch das Kopftuch um, holte Eimer, Besen und Schrubber aus dem Schrank und machte sich an den Frühjahrsputz.

Wie gebannt starrte das Kind auf das bunte Flattern vor sich in den ersten wärmenden Sonnenstrahlen. Dann warf es Eimer und Schaufel in die Sandkiste, sprang auf und jagte übermütig hinter dem taumelnden Schmetterling her, bis dieser hinter der dornigen Hecke verschwand. Das Kind griff ein paar Mal hilflos in die Luft, als wollte es etwas Unwieder-bringliches zurückholen. Dann lief es weinend zurück und presste das Gesichtchen zwischen die Knie des alten Mannes, der auf der Parkbank saß. Er strich zärtlich über den Kopf des Kindes. "... sieh mal, ein Krokus", sagte er und wies mit dem Handstock auf einen bunten Farbfleck im Grasbüschel, "es wird Frühling..."

Die alte Frau, die neben ihm saß, lächelte. Sie lehnte sich zurück und lauschte auf das Zwitschern der Vögel über sich in den Zweigen. "Ja," sagte sie leise, " und noch einmal wird es Frühling, auch für uns..." , und sie lächelte dankbar.

Und das Pärchen, das junge Mädchen und der junge Mann, die da engumschlungen die Straße überquerten und dann in den schmalen Waldweg einbogen, — sie sagten nichts, kein Wort. Sie sahen nichts von dem heimlichen Sprießen rings um sich her, und sie bemerkten nicht das erste blaue Leuchten des tiefgewölbten Himmels über sich.

Sie sahen sich nur an.

Sollten sie etwa noch nichts gespürt haben, sie als einzige — vom Frühling? *Helmut Pätz*

Frühling im alten Stadtpark

Wie zufällig standen die beiden Männer nebeneinander, der ältere und der jüngere. Sie lehnten gegen das niedrige Brückengeländer im alten Stadtpark.

"... ich kann ihn nicht mehr sehen... diesen Schnee..." Zornig wischte der jüngere ein paar

121

silbrig glänzende Flocken vom Ärmel.

"Bald ist Frühling, . ." Der andere lächelte, und seine hellen Augen wanderten über die weiß gedeckte Rasenfläche.

"... immer wieder Schnee... es will und will nicht aufhören..., und dann diese ewige Kälte. . ." Zornig stieß er einen kleinen Stein beiseite. "Es ist, als sauge dieser endlos lange Winter einem die letzten Kräfte aus Mark und Knochen–"

Eine Weile war es still. Dann, fast beziehungslos, lächelte der Alte wie traumverloren. "Dort hinten, am Hang, sehen Sie nur, da stehen sie bald... die ersten Krokusse...."

Kopfschüttelnd folgte der andere der Richtung des ausgestreckten Zeigefingers. "Was denn.., wo denn.., ich sehe nichts.., gar nichts sehe ich..." Und misstrauisch musterte er den anderen.

"Ja, blaue und gelbe und lilarote Krokusse", verlor sich der andere wieder in glückseliges Nachdenken, "und Märzbecher auch..., dann komme ich hierher, jeden Tag. Da drüben auf der Bank sitze ich dann. Viele Stunden. Nicht sattsehen kann ich mich daran. . ."

Fröstelnd schlug der Jüngere den Mantelkragen hoch. "Nichts als Schnee und dreckiger Matsch", fast feindselig sah er den Alten an, "...krankmachen kann es einen, dieses Wetter..."

"... und genau über der Bank der Forsythienstrauch.,. wie der blüht..., und dann die warmen Sonnenstrahlen,-"

Der andere zuckte verständnislos die Schultern, öffnete den Mund, als wollte er noch etwas sagen, schüttelte dann aber nur den Kopf, drehte sich um und stapfte mit schnellen, fast wütenden Schritten davon.

Plötzlich, als fiele ihm noch etwas ein, blieb er stehen und schaute zurück, dorthin, wo er eben noch mit dem Alten gestanden hatte. Aber er war nicht mehr da, der sonderbare alte Mann. Nur eine kleine, bunte Meise saß dort auf dem Brückengeländer, wo eben noch die zittrige Hand gelegen hatte, und er glaubte sogar, sie zwitschern zu hören...*Irene Pätz*

In dieser Zeit...

"Ich hab' genau gesehen, wie er da hineingefallen ist", sagte der gutgekleidete Herr.
Der Arbeiter, der neben ihm vor dem Gully hockte, nickte zustimmend. "So kommen wir aber nicht 'ran. Man müsste den Kanaldeckel heben..."
Die Ampel schaltete auf Grün. Links und rechts hinter ihnen hupten Autos. Einer der Autofahrer stieg aus und trat zu ihnen. "Was ist los?"
"... Ich hab's genau gesehen..." Finger tasteten vergeblich in die Rillen des schweren Eisengitters. "Hier zwischendurch ist er..."
Ein Junge auf Skatern schob sich neben sie. "Ja... ich hab's auch gesehen..." Die Ampel schaltete auf Rot.
"Ich muss weiter", sagte der Autofahrer. '... ich bin von der Wäscherei. Die Kunden warten... lassen Sie uns durch..."
"Aber er ist doch..."
Sie zerrten am Deckel, ächzten. Doch er gab nicht nach, nicht um den Bruchteil eines Millimeters.
Der Junge reichte ihnen einen Stock, einen dicken abgebrochenen Zweig. Es war aussichtslos, aber sie versuchten es trotzdem. Er brach sofort ab.

Der gutgekleidete Herr wischte sich über die Stirn.
"Wir schaffen es nicht, es ist zum Verzweifeln,-"
"S o schaffen wir's nicht", der Arbeiter sah sich um. "Drüben im Bauwagen haben wir eine Brechstange... ich hol' sie...'
Ein gelber Postwagen hielt. Der Fahrer gesellte sich zu ihnen. Das Hupen verlor sich auf die weiter zurückstehenden und neu hinzukommenden Autos.
Die Ampel wechselte auf Grün.
Jetzt standen schon ein gutes Dutzend Leute um das Gully herum. Außerdem der Junge mit den Skatern und andere Kinder. Dann kam noch der Inhaber der Drogerie von der Ecke hinzu.
Ungeachtet seines schneeweißen, frischen Kittels kniete er neben dem Kanaldeckel.
"Versuchen wir's nochmal..."
Viele Arme griffen zu, — harte, schwielige Hände, auch gepflegte, zarte, — gemeinsam. Man ächzte — man stöhnte. Es half nichts.
`Was geht hier vor?" Ein Polizist kam über die Kreuzung. "Sie halten den Verkehr auf, das ist strafbar."
Sie sahen zu ihm auf . Sie waren sich alle einig.
"Wir müssen ihn da herausholen..." "Wen?"
"Den Vogel... ich hab' gesehen, wie er da hineingerutscht ist... so ein ganz kleiner..." "Ein Rotschwanz.. ." sagte der Junge mit den Skatern.
"Wir haben das jetzt gerade in der Schule... ich glaub', er hat sich verletzt..."
Die Ampel schaltete wieder auf Rot, und die Kreuzung war jetzt völlig verstopft. Immer mehr Leute standen da, schauten zu, diskutierten. Der Polizist sah sich um. Er dachte an seine Vorschriften. Der Verkehr musste flüssig bleiben, das war vorrangig. Aber dann sah er den Jungen an.

Der durfte nicht denken, dass die Polizei jemanden im Stich ließe, egal wen, gerade von ihm durfte er das nicht denken. Er sah die anderen an, und sie schienen dasselbe zu denken.

Der Arbeiter kam mit der Brechstange. Sie griffen zu. Alle. Fünf, sechs Männer. Auch der Polizist.

Langsam hob sich der Deckel, und plötzlich schwirrte etwas davon, schlammverschmiert, verstört aufzwitschernd...

"Er ist gar nicht verletzt", rief der Junge. Er lachte befreit auf und auch die anderen Kinder lachten.

Die Männer sahen sich an, der Arbeiter, der Gutgekleidete, der sich den Staub vom Ärmel wischte, und auch der Polizist. Und sie sahen alle zufrieden aus...

So geschehen in unserer Zeit, in unserer so seelenlosen, gehetzten Zeit, inmitten irgendeiner Großstadt, gestern, heute...

Helmut Pätz

Marienkäferchen

Sie geht vor mir, und nicht nur meine Blicke folgen ihr.

Irgendetwas unterscheidet sie von der gesichtslosen Masse der anderen, und es ist nicht nur die Extravaganz ihrer Erscheinung, die elegante Kleidung oder der leise klirrende, teure Schmuck, die auffallende Frisur und das fordernde Stakkato der hohen Stöckelschuhe, die eine Mischung von Bewunderung und Neid zugleich erwecken. Und fast automatisch folgen ihr missgünstige Blicke und neidisch zischelndes Tuscheln.

Sie ist es gewohnt. Man spürt es an ihrer Gelassenheit, ebenso wie die ihres Begleiters, der ihr an gediegener Eleganz nicht nachsteht.

Plötzlich hält sie inne, bückt sich, scheint etwas zu suchen, ein Armband vielleicht, vom schlanken Handgelenk geglitten, oder ein Geldschein, dem Handtäschchen entfallen. Ihr Begleiter, der ihr beim Suchen hilft, richtet sich mit ungläubigem Kopfschütteln wieder auf und wendet sich verlegen lächelnd ab, anscheinend interessiert in ein nahegelegenes Schaufenster blickend, während sie das Verlorengegangene gefunden zu haben scheint.

Behutsam trägt sie ein winziges Etwas auf dem ringgeschmückten Finger an einen abseits stehenden Blumenkübel, bleibt einen Augenblick stehen, sieht dem zierlichen, glitzernden Etwas nach, wie es die Flügelchen ausbreitet und irgendwo in den flirrenden, hohen Morgen entschwindet, tritt zu ihrem Begleiter, der ihr fast ein wenig vorwurfsvoll entgegenblickt, und stößt trotzig her vor:".., schon als Kind hatte ich sie so gerne, diese Marienkäferchen..."

Und dann gehen sie weiter, aber das Stakkato ihrer Stöckelschuhe klingt noch ein wenig herausfordernder als vorher...

Irene Pätz

Nie wieder

Ja, der Frühling ist gekommen und mit ihm jener Reinlichkeitsbazillus, der weitaus ansteckender zu sein scheint als die grassierendste Grippe!

Da wird, je nach Veranlagung und Temperament, resigniert oder schwungvoll, der Winter aus allen Räumen hinaus gefegt — da triumphierte der ewig

126

weibliche Drang nach Ordnung und Sauberkeit und feiert wahre Orgien.

Frau Müller aber, jung verheiratet und psychologisch aufgeklärt, Frau Müller also sah mit unverhohlener Verachtung auf jene Frauen herab, die des Abends inmitten einer geradezu nach Mitleid heischenden Unordnung mit strähnig aufgelösten Haaren ihren verschreckten Ehemännern aufgelöst in die Arme sanken. Oh nein, diesen Fehler würde sie nicht machen, sie nicht! Sie wusste schließlich genau, wie man dem müde heimkehrenden Mann jeglichen Schuldkomplex von den stressbeladenen Schultern nahm...

Und so begann ein zuversichtliches Wettrennen mit der Zeit: Teppichböden wurden abgeschäumt, Wände abgesaugt, Gardinen abgenommen, gewaschen, getrocknet und wieder aufgehängt, Fenster geputzt, schwere Möbelstücke mühsam hin und her geschoben und mit verzweifelten Alltagsheldenmut kleine Löcher in den Wänden vergipst. Sogar eine abgebrochene Stuhllehne wurde geleimt und zum Schluss der Werkzeugkasten des Hausherrn sortiert und fein säuberlich aufgeräumt wieder an den gewohnten Platz zurückgestellt

Man sollte es nicht für möglich halten, aber am Nachmittag, Punkt fünf Uhr, war nichts mehr von dem vorangegangenen Chaos zu sehen. Das schmutzige Hauskleid war mit dem Lieblingskleid ausgewechselt worden, die Haare gebürstet und das schweißnasse Näschen übergepudert worden. Sogar sein Lieblingsgericht stand auf dem mit Blumen hübsch gedeckten Tisch. Ach, sie war seines Lobes ganz sicher, als sie die Tür öffnete...

Er hängte seinen Mantel auf den Bügel, schüttelte missmutig den Kopf und sagte nur mit einem leisen, aber unüberhörbaren Vorwurf in der Stimme:" Du meine Güte, der alte Wintermantel, — der hängt ja immer noch hier an der Garderobe ... du wolltest ihn doch in die Reinigung bringen..."

Wie gesagt, die kleine Frau Müller ist noch jung. Aber— man wird sich nicht wundern dürfen, wenn sie genau von diesem Zeitpunkt ab jedem unangebrachten Heldentum abschwört und sich einreiht in die Masse unzähliger Hausfrauen, die ihre Männer in dem obligaten Rest gewollter Unordnung empfangen, sich das wirre Haar aus dem erhitzten Gesicht streichen und mit gleichsam erloschener Stimme darum bitten, sich mit dem Essen aus der Konservenbüchse doch noch ein oder vielleicht auch zwei Stündchen zu gedulden...

Irene Pätz

Schneeglöckchen auf dem Schreibtisch

Wir brauchen den Auftrag, dachte er, wir brauchen ihn unbedingt... sonst ist endgültig Schluss, Feierabend, aus!

Zwei Stunden jetzt schon hockten sie hier z u s a m m e n ü b e r L i s t e n, U n t e r l a g e n, Kostenanschlägen — an einem Schreibtisch voller Papierstöße.

Die Konkurrenz hatte nicht geschlafen, das stand fest. Da konnte man noch so haarscharf kalkulieren. Letzten Endes hing alles nur von einem einzigen Menschen ab, nämlich von dem, der ihnen da gegenübersaß...

Er sah Bergmann an. Dem konnte und wollte er nichts vormachen. Dem nicht. Das wusste er genau.

Darum hatte er der Müllerin auch gleich abgewinkt, als sie mit dem Tablett mit den Kognakgläsern in der Tür gestanden hatte. Hier und jetzt, da galten nur Zahlen, Fakten, — und nichts anderes! Das war ihm klar geworden, seitdem er wusste, dass Bergmann als Beauftragter jener Firma kommen würde.

"... keine Fisimatenten, Müllerin", hatte er noch gesagt, "das ist einer von der eiskalten Sorte... der will nur glasklare Realitäten. Sonst nichts. . .,'

Sie hatte nur geseufzt. "... aber wir brauchen den Auftrag doch... wir brauchen ihn... ." Und sie hatte die Tür hinter sich ins Schloss gezogen.

Ja, sie brauchten den Auftrag. Alle. Die Leute, das Werk... und alle, die da drum und dran hingen...

Unauffällig tupfte er sich die Schweißperlen von der Stirn. Wenn sein Gegenüber doch nur mal was sagen würde, ein einziges Wort nur... Aber nein, nichts! Der saß nur da und fraß sich förmlich durch Zahlen und Rubriken...

Aber dann plötzlich, kaum sichtbar, eine flüchtig wischende Bewegung von Bergmanns Hand, und die Vase fiel um, eine kleine Glasvase mit Schneeglöckchen. Mitten auf dem Tisch hatte sie gestanden, und da war sofort eine kleine Pfütze aus Blumenwasser und zerlaufener Tinte, eine Pfütze, die sich schnell ausbreitete auf weißen Papierbögen mit mühsam erarbeiteten und errechneten Zahlenkolonnen.

Verdammt noch mal, das war die Schuld der Müllerin, mit ihrem verrückten Hang für Blumen und solchen Firlefanz, der ihrer übersteigerten Meinung nach den grauen Alltag verschönern helfen sollte.

Er saß da, völlig hilflos im Moment, und wusste nicht, was er machen sollte. Verwirrt starrte er auf das Chaos vor sich.

Der andere aber stand plötzlich auf, ging ans Waschbecken, ließ frisches Wasser in die Vase laufen, und ordnete behutsam die kleinen Blumen wieder ein. „Schneeglöckchen, Menschenskind... die ersten Schneeglöckchen—" Es waren die ersten Worte, die er seit mehr als einer Stunde von sich gab.

Mehr sagte er nicht. Einen Augenblick lang herrschte Stille. Aber dann plötzlich klappte Bergmann den Aktendeckel zu und ging ans Fenster. "Darf ich?" Und mit einem energischen Ruck stieß er es auch schon weit auf. Tief atmete er die würzige Luft ein.

"Ach das tut gut." Er wandte sich um. Und zum erstenmal lächelte er.

"So, das wäre also erledigt. Ich habe alles geprüft. Ich denke, wir können Ihnen den Auftrag zuschlagen... wenn Sie ihre Sekretärin jetzt mal rufen könnten..., so einen kleinen Kognak, den könnten wir jetzt eigentlich gut gebrauchen, denke ich..."

Irene Pätz

Sonderangebot

„...was gibt's denn da?" Der gutgekleidete Herr mit dem Aktenkoffer in der Hand reckte den Kopf Die vielen Menschen vor ihm nahmen ihm die Sicht. Die Frau neben ihm zuckte die Schulter. "Ich weiß es auch nicht." Sie blickte mürrisch drein und sah abgehetzt aus. In jeder Hand trug sie eine prallgefüllte Plastiktüte. "... sicher irgendein

Sonderangebot—" Eine dicke Frau im Pelzmantel drehte sich um. "... in dieser Zeit gibt es ja so viele Sonderangebote. . ." Und erwartungsvoll lächelnd stellte sie sich auf die Zehenspitzen.

Der Herr klemmte den Aktenkoffer fester unter den Arm. Sonderangebote interessierten ihn nicht. Ihm reichte es, wenn seine Frau nach jedem Stadtbummel freudestrahlend ihre "sagenhaft günstigen" Einkäufe präsentierte. Alles unnütze Ausgaben fand er, wo doch jedes Kind wusste, dass auch Kaufleute nichts zu verschenken hatten. Ihn ärgerte das! Du liebe Güte, wie oft hatten sie sich deshalb schon gestritten. Überhaupt stritten sie sich viel in der letzten Zeit, dachte er auf einmal, und ihm war gar nicht wohl bei diesem Gedanken. Verärgert drehte er sich um und wollte gehen. Als er aber eine Lücke in der Menschenmauer vor sich entdeckte, schob er sich rücksichtslos nach vorn. Verblüfft blieb er stehen.

Nichts davon, was er erwartet hatte: Kein Verkaufsstand, kein Ausrufer, der lauthals seine Waren anpries. Nichts! Nur ein junges Mädchen kniete da vor dem kleinen Streifen Grün, den ein winziges Ruheplätzchen von der lärmenden Verkehrsstraße trennte. Sie hockte ganz einfach da und betrachtete selbstvergessen einen Tuff von kleinen, weißen Blümchen, die in dem noch spärlichen Gras standen.

Plötzlich drehte sie sich um, und bemerkte erst jetzt den Menschenauflauf hinter sich, den sie ungewollt verursacht hatte. "Schneeglöckchen... die ersten...", sagte sie verlegen und nahm die Tasche auf, die neben ihr auf dem Boden stand. Ein junger Mann war auf einmal neben ihr, wie aus dem Boden gewachsen. Eine Kamera klickte ...... kommt morgen in die Zeitung... lokaler Teil..." sagte er.Der Herr mit dem Aktenkoffer sah sich um. Da stand die Frau mit den Plastiktüten wieder neben ihm. "Ach, Schneeglöckchen", nickte sie, "... als wir noch Kinder waren, kriegte der erste, der ein Schneeglöckchen fand und es mitbrachte, eine Belohnung vom Lehrer... Eine Dorfschule... wissen Sie?" fügte sie fast entschuldigend hinzu. Dann lächelte sie abwesend, drehte sich um und ging.

Der Herr sah ihr nach. Er wusste selbst nicht, warum er auf einmal dachte, wie oft sie sich in der letzten Zeit gestritten hatten, seine Frau und er. Ich könnte eigentlich einmal wieder mit ihr ausgehen, irgendwohin, so wie früher. Das hatten sie oft getan damals, und es war immer sehr schön gewesen. Er verlor sich in Gedanken.

Im Weggehen dann sah er noch einmal auf die kleinen, zarten Frühlingsboten. Und er war zutiefst verwundert über sich selbst und die Welt, die ihm plötzlich ein klein wenig heiterer erschien...

Irene Pätz

Zwischen Tag und Nacht

In der Nacht wachte ich auf. Ich hatte geträumt, schlecht geträumt, und ich war mit einem Mal hellwach. Ich wusste sofort, dass es vorbei war mit dem Schlaf. Die Dunkelheit, die Stille ringsumher, das tiefe Atemholen der Umwelt, es war wie geschaffen für die schweren, quälenden Gedanken, die mich jetzt überfielen.

Leise, um meine Familie nicht wach zu machen, nahm ich mein Bettzeug unter den Arm, schlich ins hintere Zimmer, das zum Hof lag, und legte mich dort auf die Couch. Aber was ich insgeheim schon befürchtet hatte, — es trat ein. Die erwünschte Schläfrigkeit wollte sich nicht wieder einstellen, die bohrenden Fragen nicht weichen. Die vielen Probleme des Alltags, sie hatten mich wieder gepackt, hielten mich fest umklammert, ließen mich unruhig von der einen auf die andere Seite wälzen.

Da, plötzlich — eine Vogelstimme!

Ich hielt den Atem an. Und da wieder: Hell, jubelnd, fast triumphierend. Es schien mir so unwirklich — dieses zarte Stimmchen, mitten in der Großstadt, zwischen überquellenden Mülleimern und abgestellten Autos. Zwischen Winter und Frühling, zwischen Tag und Nacht.

Ganz still lag ich jetzt. Und wie ein Wunder fiel alles von mir ab, was mich eben noch bedrohte und ängstigte. Die Sorgen von gestern, die Fragen nach dem Morgen. Ich fühlte mich befreit, fast glücklich. Dass es so etwas noch gab... irgendwo ein winziges Wesen, zusammengekauert in einem kahlen Baum. Es saß da und sang, ohne Auftrag und Bestimmung, ohne Lohn und ohne Dank, saß ganz einfach da und sang. Nur so. Und wie es sang! Ich weiß nicht einmal, was für ein Vogel es war. Ich weiß nur, dass es mir vorkam, als hätte ich nie etwas Schöneres gehört.

Und es leitete mich in den Schlaf, der mich allmählich umfing, in einen tiefen, erholsamen Schlaf..

Irene Pätz

Am dritten Tag riss das Seil

Wie gebannt starrte der Junge hinüber.

Wenn man nicht genau hinsah, schien alles wie sonst: die schräge Uferböschung mit dem ausgedörrten Gras, unten, in der Tiefe, das träge, silbrig schillernde Wasser, in der Luft die schrillen Schreie der Möwen und hin und wieder der heisere Gruß eines Dampfers, wenn er die Lotsenstation passierte.

Und doch war es anders. Gestern schon und auch vorgestern. Die Luft war nicht wie sonst, und die Sonne stand fremdartig fahl hinter einer dünnen Wolkenhaut, alles war verändert. Dabei hatte kaum jemand etwas gehört, noch gesehen. Das Einzige, was man jetzt davon sah, waren die beiden Hebeschiffe, die platt und unbeweglich, ganz nahe am Ufer lagen. Weiter nichts.

"... in der Nacht war es", hatte Ernst gesagt, als er neben ihm saß. Er lutschte an einem Himbeerbonbon und rollte den Fußball zwischen den Füßen. Ganz nahe hockten sie am Wasser, so nahe, dass sie zu den beiden Schiffen hätten hinüberspucken können. "Vater hat es gesehen... ein Motorschiff aus Estland, sagt er... ich bin mit ihm in der Frühe hierher gegangen. Ganz deutlich konnten wir es erkennen, unten auf dem Grund. Mit einem Tanker ist es zusammengestoßen..."

Auf einem der Hebeschiffe tuckerte eine Pumpe in die Mittagsstille. "Sie haben einen Taucher 'runtergeschickt", sagte Ernst, "er soll versuchen, Seiltrossen anzubringen..."

Bis in die Dunkelheit hinein saßen sie am Wasser. Ernst rollte unentwegt den Fußball zwischen den Beinen, und in seinem Mundwinkel hing ein Rest eingetrockneter roter Bonbonfarbe. Erst als die Schatten länger wurden, und das Wasser die Farbe des dunklen Himmels annahm, mit einem schwachvioletten Schimmer, da, wo der Kanal nach Westen hin eine Biegung machte, spürten sie die Kühle der nahenden Nacht. Ernst stand auf, und er folgte ihm. Hinter ihnen hatten mehrere Menschen, Männer und Frauen, gestanden, und auch am oberen Rand der Böschung hockten welche. Aber man sah nur ihre Schatten.

"Zwei sind gerettet", hörten sie einen Mann sagen, als sie an ihm vorbeigingen, "aber die Frau vom Käpt'n, die ist noch drin..."

Er lag lange wach in dieser Nacht, hellwach. "... die Frau vom Käpt'n...". Das ließ ihm keine Ruhe, und er versuchte, sie sich vorzustellen. Er sah sie vor sich, wie sie jetzt da unten in der

Kabine umherirrte, wenn das Wasser nicht schon längst zu ihr vorgedrungen war. Auf einmal durchfuhr ihn ein eisiger Schreck, und er sah die Mutter vor sich in ihrer unauffälligen Liebe und Güte, und er dachte, sich unruhig hin- und herwälzend, dass die Frau vom Käpt'n vielleicht so aussehen könnte wie sie...

Als er am nächsten Morgen erwachte, war sein Kopfkissen feucht. Er musste im Schlaf geweint haben.

Und wieder hockten sie auf der Böschung, Ernst und er, und nach einiger Zeit meinte Ernst, ob sie nicht doch lieber Fußballspielen sollten. Er aber schüttelte nur den Kopf. Unentwegt starrte er hinüber zu den beiden Hebeschiffen. Er sah nichts weiter als ihre platten Rumpfe und das schmale Stückchen Wasser dazwischen, auf dem sich langsam eine buntschillernde Ölhaut ausgebreitet hatte. Das Tuckern der Taucherpumpe war verstummt, dafür hing das leise Summen langsam laufender, quietschender Seilwinden in der Luft, und von den Schiffen führten mehrere straff gespannte Trossen in die Tiefe. Sie erschienen ihm wie feinste Spinnenfäden, die in der Sonne blinkten.

Es musste sich schnell herumgesprochen haben.

Heute waren noch mehr Leute da. Sogar aus der Stadt waren sie gekommen. Kinder, Frauen und Männer, die einfach nur dastanden und miteinander sprachen.

Für ihn aber gab es nur das schmale Stück Wasser zwischen den Hebeschiffen, und er sah sie immer wieder vor sich, die Frau in dem gesunkenen Motorboot, die vielleicht so aussah wie seine Mutter, und der Gedanke, wie lange es noch dauern konnte, bis man sie herausgeholt hatte, peinigte ihn immer stärker.

Später, es war schon Nachmittag, rief auf einmal jemand: "Da ist es!" und ein abgebrochener Mast und ein kleiner Schornstein stießen nach und nach durch den Ölfleck. Die Leute, die auf der Böschung standen und gafften, versuchten, etwas näherzutreten. Aber die Böschung war steil, und einige fielen hin und lachten verlegen.

Kaum merkbar erst, dann mehr und mehr bewegte sich das Wasser, und auch der Ölfleck schien plötzlich zu leben und wogte hin und her in allen Farben. Der scharfe Bug des kleinen Schiffes hob das Wasser von unten her und zerschnitt es fast augenblicklich. Brodelnde Gischt. Schlammig und ölig rauschte es zurück. Die Seile waren aufs äußerste gespannt. Die Motorwinde ächzte.

Und dann klang es auf, leise nur, und nur für ihn und die, die ganz vorn standen, vernehmbar, ein klägliches, metallisches Stöhnen, das fast unterging im Kreischen der Seilwinde, die plötzlich leerliefen, und vom Aufschrei der Menschen. Wie ein doppelter Peitschenschlag huschte es über das Wasser. Für den Bruchteil einer Sekunde - ihm erschien es wie eine Ewigkeit - hing das Schiff, halb aus dem Wasser ragend, wie schwebend in der Luft, sträubte sich -und fiel zurück ins gierig aufwühlende Wasser. Sich noch einmal aufbäumend, versank es zwischen den beiden Hebeschiffen, die nur unlustig und widerwillig auf den Wellen tanzten.

"Das Seil ist gerissen", sagte jemand in der Nähe.

Die Hand seines Vaters legte sich auf seine Schulter und führte ihn behutsam durch die Menge.

Die Ferien gingen am nächsten Tag zu Ende. Er war nicht mehr dabei, als das Schiff später doch noch gehoben wurde.

Aber die Gedanken an die Frau vom Käpt'n ließen ihn nicht mehr los, viele Jahre nicht, und die allgemeine Vermutung, dass sie den

Augenblick des Zusammenstoßes nicht überlebt und von all dem gar nichts gemerkt habe, half ihm dabei nicht sehr. Das Peitschen der gerissenen Trosse, der Aufschrei der sonntäglich gekleideten Menschen und wieder der Gedanke an jene Frau, von der er sich eine so vielgestaltige und doch so greifbar deutliche Vorstellung gemacht hatte und die auf so unbegreifliche Weise wieder in die Tiefe gerissen worden war, das alles war wie eine Wunde in seinem jungen Leben, eine Wunde, die nur sehr langsam verheilte.

Helmut Pätz

An alles hatten sie gedacht

Es gab keine andere Wahl. An ruhelosen Tagen und in schlaflosen Nächten hatte er sich zu diesem Entschluss durchgerungen. Er ahnte, dass er in sein Verderben ging, aber es gab keinen anderen Weg, und mit jedem Schritt fühlte er eine fast körperliche Erleichterung.

Er überquerte die kleine, stille Vorstadtstraße mit den grauen Häusern und der Stille und Behaglichkeit, die ihn sonst immer mit Neid und Bitterkeit erfüllt hatten. Seine Hände ballten sich zu Fäusten in den tiefen Manteltaschen und berührten das Seidenpapier, in das die Tafel Schokolade eingewickelt war.

Er war zu Fuß gegangen - durch die ganze Stadt, ganz langsam war er geschlendert, von Straße zu Straße, von Geschäft zu Geschäft, hatte in die Auslagen geschaut, ohne sie wahrzunehmen, nur um die Zeit hinauszuzögern. Dennoch hatte es ihn hierher getrieben, unerbittlich. Es gab kein Zurück mehr. Immer wieder hatte er sich umgeblickt, an jeder Straßenecke, ob nicht einer der beiden ihm folgte. Aber sie wussten ja nicht, was er vorhatte. Sie waren noch einmal zusammengekommen. Da hatte er davon gesprochen, dass es ihn quälte und dass es ihn nicht mehr losließ, nicht bei Tag und nicht bei Tag. Die beiden anderen hatten nur dagesessen, schweigend. Aber es war ein ungutes Schweigen gewesen. Als sie dann auseinandergingen, hatten sie nur noch gesagt, er solle ja keine Dummheiten machen...

Dann stand er vor dem großen, grauen Gebäude mit den vielen Fenstern. Hier und da flammten erste Lichter auf. Eine unsichtbare Mauer schien ihm den Weg zu versperren. Da presste er die Lippen zusammen und trat hindurch durch diese Mauer.

Der Geruch von Karbol und Bohnerwachs umfing ihn. Allein schien er zu sein in dieser endlos langen Dämmerung, in der nur hin und wieder eine schwache elektrische Glühbirne einen trüben Schein auf Wände und Fußboden warf.

Schließlich stand er einer Krankenschwester gegenüber, die von irgendwo her aufge-taucht war aus dieser muffigen, narkotisierenden Unendlichkeit. Kurzsichtige Augen hinter einer randlosen Brille blickten ihn misstrauisch an.

"Sie wünschen?" Ihre Stimme klang unpersönlich.

Er rieb seine Hände ineinander und spürte, wie die Handflächen feucht wurden. "Es ist wegen des Kindes, das da in der vorigen Woche bei dem Unglück verletzt wurde..."

Die Brillengläser starrten ihn unbewegt an. "Unglück? Ach, Sie meinen das Kind, das bei dem Banküberfall von dem flüchtenden Auto angefahren worden ist?"

Er nickte und spürte seine Unbeholfenheit "Ja, ganz Recht, das meine ich.... ich wollte mich nur mal erkundigen, wie es ihm geht. Man liest ja gar nichts darüber in der Zeitung."

"In der Zeitung? Nein, die Ermittlungen laufen noch... sind Sie mit dem Mädchen irgendwie verwandt?"

Er holte tief Atem. Seine Unsicherheit wuchs. Ein Mädchen also! "Verwandt? Ja..." Er dachte angestrengt nach. Mein Gott, wie schwierig war das doch alles! "... entfernt verwandt. Ihr Onkel..." Und als er ihren zweifelnden Blick sah, fügte er schnell hinzu "... ihre Eltern und ich, wir kommen schon länger nicht mehr zusammen... Familienstreitigkeiten, wissen Sie..." Er fühlte, wie ihm der Schweiß ausbrach, "... aber dem Kind, wie geht es ihm? Wenn ich sie nur einmal sehen könnte, so von der Tür aus..."

Wieder sah die Schwester ihn aufmerksam an. Dann nickte sie kurz und öffnete eine der Zimmertüren zu einem Spalt. Weiße Eisenbetten standen quer zur Wand.

"Links, am Fenster... das ist sie..."

Zwischen weißen Laken sah er ein kleines, bleiches Gesicht, umhüllt von einem großen Kopfverband. Ein Paar riesige, dunkle Augen sahen die Eintretenden ruhig an. In den Händen hielt sie eine Stoffpuppe fest umklammert.

... und wieder hörte er den Schrei, den schrillen, spitzen Schrei, der ihm messerscharf bis ans Herz gedrungen war, ihn für Sekunden gelähmt hatte, und der ihn seitdem nicht mehr losließ.

An alles hatten sie gedacht. Es war alles genau auskalkuliert - bis aufs letzte Tüpfelchen. Sie hatten gewusst, dass nicht viele Leute zu dieser Zeit da sein würden in der kleinen Bankfiliale - aber viel Geld! Geld von den Sparkassenvereinen und den Gehältern der kleinen Firmen in der Umgebung, die am nächsten Morgen ausgezahlt werden sollten. Und es war alles reibungslos verlaufen - genau wie geplant. Niemand war zu Schaden gekommen, keiner von ihnen selbst und auch keiner von den Bankangestellten. So war es ausgemacht, das Risiko sollte so klein wie möglich gehalten werden.

Er hatte draußen am Steuer des Wagens gesessen, nur ein paar Schritte um die Ecke. Er kannte die Stadt und war außerdem der bessere Fahrer von ihnen drei. Das ganze Unternehmen hatte nur wenige Minuten gedauert, aber ihm war es wie eine Ewigkeit vorgekommen. Seine Nervosität und seine Angst steigerten sich bis zu ins Unerträgliche. Er konnte nichts Zusammenhängendes mehr denken - und so hatte er auch nicht das spielende Kind vor sich auf der Straße wahrgenommen. ..

Und dann kamen die beiden anderen herangestürzt mit keuchendem Atem. Sie rissen den Schlag auf und schrien gleichzeitig: "Los!". Der Motor heulte auf, Reifen quietschten. Dann war nur noch der schrille Schrei dagewesen und ein dunkles Etwas, das von der Stoßstange quer über den Gehsteig geschleudert wurde. Für einen Bruchteil von Sekunden hatte er wie erstarrt dagesessen, bis ihm bewusst wurde, was eigentlich geschehen war. Aber als ihm das Ungeheuerliche klar wurde, fühlte er auch schon einen brutalen Stoß in den Rücken, und die Stimmen der anderen hinter sich "... fahr weiter, Du Idiot..." Aber der Schrei hatte ihn nicht mehr losgelassen. . .

Er lehnte sich zurück an den Türrahmen, und die Schwester sah ihn an.

"Wie geht es ihr?" fragte er mit heiserer Stimme.

"Sie hat Glück gehabt. Wir haben nicht einmal zu operieren brauchen."

Er wandte sich ab. Die Schwester schloss behutsam die Tür und sie gingen den langen Gang zurück. Er fühlte das Seidenpapier in der

Tasche. "Hier.... würden Sie ihr bitte die Schokolade geben, Schwester..."

Dann ging er allein dem Ausgang zu. Er fühlte in sich eine bleierne Müdigkeit und zugleich eine unsägliche Erleichterung. Und irgendwie war er auch nicht mal so sehr verwundert, als sich in der Vorhalle zwei Männer aus den Sesseln erhoben und langsam auf ihn zukamen. "Polizei", sagte einer von ihnen, und die Stimme war ernst und ruhig. "Wir hatten gehofft, dass einer von Euch kommen würde. Ihr seid keine Profis. Wir haben uns nicht getäuscht..."

Er nickte nur...

An alles hatten sie gedacht, an alles, nur nicht daran, dass es etwas gibt, was stärker sein würde als alle Überlegungen und Berechnungen und das einen von ihnen zwang, seinen eigenen Weg zu gehen...

Helmut Pätz

Besuch am Nachmittag

Sie ließ die Zeitung sinken und nahm die Brille ab. Sie war müde, und die zitternden Finger glitten über die geschlossenen Augen. Dann sah sie hinaus, auf die Straße, auf die Autos, die vorbeifuhren, und auf die, die drüben an der Tankstelle hielten, wo reges Leben und Treiben herrschte bis tief in die Nacht hinein.

Wieder spürte sie die Einsamkeit und die Last des langen Lebens, das hinter ihr lag. Sie wartete. Sie wartete eigentlich immer.

Und dann - sie war sich selbst nicht bewusst, wie lange sie so gesessen hatte - verschwanden die buntbemalten Zapfsäulen mit den wartenden Autos davor, und vor ihren Augen erschienen die Felder, die grünen, so wie sie früher waren, als der Mann noch lebte, damals, als sie oftmals Hand in Hand dagestanden hatten. Doch kaum hatten sie Gelegenheit, glücklich zu sein, da war sie schon wieder allein. Allein mit dem Jungen, der ihr als Einziges blieb. Und da kam er auch schon wieder zurück, der nie ganz vernarbte Schmerz um das Verlorene.

Und dann, ganz in der Tiefe ihrer Erinnerungen stand er da - ihr Junge - mit frischem, vom Spiel gerötetem Gesicht. Er rief ihr etwas zu, aber sie verstand es nicht. Er hatte es so eilig. Schon hatte er sich abgewandt, lief schnell wieder hinüber zu den anderen Kindern...

Plötzlich war sie hellwach. Die Stimme, mein Gott, die Stimme, hörte sie sie jetzt wirklich?

Schnell stand sie auf und trat ans Fenster. Und da sah sie den kleinen Jungen, der da unten stand und lebhaft zu ihr heraufwinkte. Und neben ihm standen die Frau und der Mann. Sie lachten ebenfalls und winkten herauf.

Die Erinnerung an die Felder und Wälder der Vergangenheit - das alles versank und machte der Wirklichkeit Platz. Die Tankstelle war plötzlich wieder da und das schmale Gebäude dahinter. Und unten, da standen sie und winkten. Ja, wirklich, sie waren es, der Junge mit seiner Frau und dem Enkel!

Sie konnte es nicht fassen.

Einmal schon, seitdem sie im Heim war, hatte sie ihn gesehen, drüben an der neuen Tankstelle mit seinem Wagen. Lachend und eilig zugleich hatte er zu ihr herübergewinkt. Später dann hatte er entschuldigend geschrieben, dass er wirklich keine Zeit gehabt hätte, heraufzukommen. Aber alle drei zusammen würden sie sie bald mal besuchen, ganz bestimmt. Wie lange war das schon wieder her? Oder war es doch noch nicht so lange? Spielten ihr Einsamkeit und Sehnsucht wieder mal einen Streich?

Aber dieses Mal, - ihr Herz pochte vor Freude. Sie griff nach der Brille. Ihre Augen wurden immer schlechter. Du meine Güte, wie groß der Junge inzwischen geworden war... da waren sie auch schon unter ihr im Hauseingang verschwunden. Ach, sie hätte gleich zurück-winken sollen. Dann hätten sie gesehen, wie sehr sie sich freute über den unerwarteten Besuch.

Sie klatschte in die Hände und lief in die kleine Küche. Während sie das Wasser in den Kessel laufen ließ, lauschte sie angestrengt nach draußen, und ihre Hände zitterten, als sie das Kaffeewasser auf den Herd stellte.

Dann klingelte es.

Wie gebannt stand sie da. Sie presste die Hand aufs klopfende Herz. Mein Gott, diese Freude! Für einen Augenblick lang vermochte sie es nicht, sich von der Stelle zu bewegen.

Wieder lauschte sie - und konnte es nicht begreifen. Es hatte nebenan geklingelt. .Nebenan. Nicht bei ihr.

Die Nachbarstür wurde geöffnet. Sie hörte Stimmen, gedämpftes Lachen. Das waren nicht ihre Kinder. Das waren fremde Stimmen, fremdes Lachen. Und dann wurde die Tür wieder zugeschlagen.

Lange stand sie noch da. Und sie fühlte die Last der Einsamkeit noch schwerer als vorher. Sie schaltete den Herd wieder aus und ging mit schleppenden Schritten zurück ins Zimmer.

Und dann saß sie wieder da und wartete und wartete. Und ihre Gedanken wanderten wieder, irrten durch Zeit und Raum...
Helmut Pätz

Dann kamen die Stiere

Die fahle Morgendämmerung vermochte nicht, die Schatten aus der kleinen Stube zu vertreiben.

"Wo ist Lopez?" fragte Diaz. Klein und gedrungen stand er am Fenster. Das erste Frühlicht traf das braune, schon faltige Gesicht, und die Hände stützten sich auf das weiß-gestrichene Holz.

"Ich weiß es nicht", sagte die Frau. Dann schwieg sie, aber Diaz spürte das stumme Gebet auf ihren Lippen. Sie lauschte. Wie er auch. Auf die hellen, noch fernen Rufe der jungen Leute und auf das Stampfen der Tier-hufe, die langsam näherkamen. Sie hatte Angst. Wie er auch. Mit einem schnellen Blick streifte er sie. Sie stand unmittelbar unter dem Kruzifix. Sie sagte nichts. Aber sie hatte Angst.

Sie wusste, was jetzt in ihm vorging. Jedes Jahr war das so. Schon Tage, bevor die Fiesta begann, befiel ihn diese Unruhe. Er lief zum

Fenster, starrte hinaus, wandte sich wieder ab und ging ruhelos hin und her. Jedes Mal war es so. Und dann, wenn ein dumpfer Schlag die morgendliche Stille zerriss und von irgendwoher aus den noch nachtschlafenden Straßen das Geschrei aufbrach, wenn sie die Corrals aufgemacht hatten und die freigelassenen Stiere durch die engen Gassen hinauf in den Toril rasten, gefolgt und aufgestachelt vom viel-stimmigen Schrei der Menge, die vor ihnen floh, und derer, die mutig genug waren, sich ihnen in den Weg zu stellen, um ihre Gewandtheit an ihnen zu erproben, - dann wurde er auf einmal ruhig, ganz ruhig...

So war das also. Und so würde es wohl immer sein. Die Frau wusste das. Einmal hatte sie versucht, ihn zu überreden, von hier wegzugehen. Er aber hatte sie nur stumm angeschaut, und sie hatten nie wieder davon gesprochen.

Nein, er wollte nicht fort von hier. Er konnte nicht leben ohne Pamplona und das Warten auf die Fiesta, konnte nicht anders, als hier stehen am Fenster und warten, bis sie vorbeikamen. Dabei war er nie wieder hinausgegangen auf die Straße, seitdem das geschehen war mit seinem Bein. Acht Jahre waren das her, vielleicht auch zehn. Er wusste das nicht mehr so genau. Die Zeit war stehengeblieben seit damals, als er - auf dem Höhepunkt seiner Laufbahn - im mittagheißen Staub der Arena unter die Hörner des Stiers geraten war.

Auf einmal, da war alles vorbeigewesen, aber das fassungslose Schweigen im weiten Rund, das war bei ihm geblieben.

Einmal noch hatte Pereira ihn als Picador arbeiten lassen. Später, als er einfach nicht wahrhaben wollte, dass das Bein nach und nach endgültig steif werden würde, hatte er es noch einmal versucht mit einigen jungen Leuten in einer Quadrilla.

Was aber für ihn Mut, Aufopferung und unsägliche Anstrengung bedeutete, das wirkte nur noch lächerlich, und das Gelächter und der gutmütige Spott in den Berreras entging ihm nicht. Und dann hatte Pereira ihm eines Tages gesagt, dass er nicht nur sich, sondern auch die anderen gefährde.

Und dann kamen sie. Ihr Geschrei und das Gebrüll der Stiere erfüllte den schmalen Raum zwischen den Häusern. Fenster wurden aufgestoßen, drüben, auf der anderen Seite. Menschen drängten auf die Balkone, winkten, riefen. Sogar die Alten hatte man geweckt. Sie standen dazwischen und lachten mit zahnlosen Mündern.

Sie rannten vorbei. Sie riefen, und ihre Stimmen überschlugen sich. Sie hatten es eilig. Es waren zumeist junge Burschen. Einige von ihnen schwenkten bunte Capas. Aber die meisten liefen weg in die Hauseingänge.

Und dann kamen die Toros. Die Vordersten hielten die Köpfe gesenkt. Mit spitzen Hörnern stürmten sie vorwärts. Der Boden erzitterte unter ihren stampfenden Hufen. Einige der Burschen waren noch zwischen ihnen. Sie wichen geschickt aus, und Diaz sah, wie viel Mut sie hatten. Er fühlte einen Stich im Herzen.

Die Schreie und die Hufe wurden wieder leiser. Das Dröhnen im Boden verebbte. Der letzte Toro kam. Er war hinter der Herde zurückgeblieben. Es war ein besonders schweres Tier, und einer der Jungen war bei ihm. Sie standen beide unbeweglich inmitten einer Staubwolke, die hinter der tobenden Herde und den stampfenden Tieren zurückgeblieben war.

Der Junge stand mit dem Rücken gegen die Hauswand. Die Wand war weiß, und über ihm hing ein zerrissenes Reklameplakat. Der Stier stand vor ihm, breitbeinig, mit gesenktem Kopf, - dann stieß er zu. Gleichzeitig wiegte sich der Junge in den schmalen Hüften, und die Hörner rammten zu beiden Seiten in die Wand. So stand er, eingekeilt zwischen klobiger, weißblessiger Stirn und der Mauer, die Hörner, glänzendschwarz mit weißer Wurzel, umfaßten gerade die kindlich-schmale Taille. Der Junge schien unverletzt. Diaz wusste, dass der Körper sich in solchen Augenblicken höchster Gefahr so verhielt, wie man es sonst kaum für möglich hält. Nein, er war anscheinend nicht verwundet, aber Diaz glaubte doch, ein verhaltenes Stöhnen zu vernehmen, und dann sah er das junge, verzerrte Gesicht.

"Lopez!" schrie da auch schon die Frau auf.

Diaz hörte es nicht mehr. Er war schon draußen auf der kleinen Straße, die jetzt fast leer war. Er hinkte über das holprige Pflaster, aber er spürte nicht die Behinderung des steifen Beines.

Dann war er auch schon neben dem Jungen und dem Stier. Auf einmal war er wieder in der Arena. Ohne Pic, ohne Banderillos, - nicht einmal ein Messer hatte er bei sich. Aber er war wieder in der Arena.

"Rühr dich nicht!" rief er. Aber er sah den Jungen nicht an, dessen Cape, irgendein lächerlicher roter Schal zerrissen über der

153

Schulter hing. Diaz ließ sich fallen. Das dunkelglänzende Fell unter ihm dampfte. "Hu!" rief er, und nochmals: "Hu!" Verzweifelt zerrte er am peitschenden Schwanz mit der bauschigen Quaste. Die Wut der vergangenen Jahre brannte in ihm, und er legte sein ganzes Gewicht hinein. Der Toro gab nach, widerwillig, gepeinigt, und wandte den Kopf.

"Los, schnell ins Haus", ächzte Diaz. Er packte die Hörner, die jetzt ihm zugewandt waren. "Lauf!" Aber wie gebannt blieb der Junge stehen. Diaz stützte sich auf die Hörner, beidhändig, als sie sich der roten Capa wieder zuwenden wollten. Dann schwebte er in der Luft, das Tier für Sekunden unter sich zwingend. Die Hörner senkten sich, und er fühlte sich hoch und weit fortgeschleudert. Um ihn war das Rauschen und Brausen der Arena, die grellsonnige Mittagshitze und der vielstimmige Aufschrei von Tausenden von Stimmen, von den unteren Barreras bis hoch zum letzten Platz. Und doch war er der einsamste Mensch, allein mit dem Stier. Dann fühlte er den dumpfen Aufschlag. Das Brausen verklang, und er hörte wieder die Stimmen der Leute drüben von den Baikonen und etwas weiter weg die derer, die den Stier weitertrieben. Verlassen und kahl die Wand, an der Lopez eben noch gestanden hatte. Lopez war verschwunden.

Man half ihm hoch, wollte ihn ins Haus geleiten. Er aber schüttelte unwillig die helfenden Hände ab.

Drinnen am Tisch saß der Junge. Die Frau stand neben ihm. Sie hatte den Arm um die schmale, zuckende Schulter gelegt. Diaz sah nur die beiden Rücken. Er blieb an der Tür stehen.Die Frau spürte es und wandte sich um. Sie lächelte, und er sah die Tränen in ihrem Gesicht. Diaz fühlte den Schmerz, der jetzt vom Bein in die Schulter kroch, und die Müdigkeit, die ihn niederzuzwingen drohte.

Aber auch er lächelte. Er war müde. Müde und glücklich zugleich.

Helmut Pätz

Das Ende der Einsamkeit

Die Frau saß am Fenster.

Sie sah in den Regen hinaus, der auf die grauen Häuser niederfiel. Sie wusste nicht, wie lange sie schon so dasaß. Minuten, Stunden oder vielleicht gar Tage. Wer misst die Zeit, wenn sie stillzustehen scheint? Auf ihrem Schoß lag das Telegramm, - geöffnet - schwarze, nüchterne Buchstaben auf weißem Papier. Unzählige Male hatte sie es schon gelesen, immer wieder, ohne den Sinn zu erfassen.

Als der Bote es brachte, hatte sie gleich gewusst, dass es nur von Ernst kommen konnte, von Ernst aus Kanada. Er hatte in ungefähr vier Wochen kommen wollen.

Eigentlich hatte sie nur noch dafür gelebt all die letzten Jahre, für den Tag, da Ernst zurückkommen würde und sie ihn in die Arme schließen konnte. Endlich - nach all den Jahren. Das war das Ziel ihres Lebens gewesen, seitdem Heinrich, ihr Mann, sie verlassen hatte, nachdem sie einander nichts mehr zu sagen gehabt hatten und er nur noch den einen Ausweg sah, zu der anderen, der Jüngeren, zu gehen.

Ihr Blick sank herab. "... bedauern wir, Ihnen mitteilen zu müssen, dass Ihr Sohn Ernst bei den Arbeiten an dem neuen Kraftwerk..."

Ernst! Er würde also nicht kommen. Er würde nie mehr kommen. Nie mehr. Nie, nie, nie. Immer wieder dachte sie es, in stumpfer Monotonie, ohne zu begreifen. Sie murmelte es nur immer wieder vor sich hin, tonlos, mit kaum bewegten Lippen. Nur einmal seufzte sie tief auf. Dann sanken ihre Schultern wieder in sich zusammen, und ihre Augen blickten in die Ferne, auf einen imaginären Punkt, der weit, weit hinter den grauen Mauern lag, die sie unentwegt anstarrte. Sie hörte nicht den Lärm der Stadt, der von weit her, über ganze Straßenzüge hinweg, zu ihr getragen wurde. Sie hörte nicht die Schritte, hin und wieder im Treppenhaus und nicht die Stimmen, die nicht ihr galten und ihrem unfassbaren Schmerz. Sie hatte mit niemandem gesprochen, die ganze Zeit über nicht. Sie war allein, ganz allein jetzt - und sie begriff nicht. Mit glanzlosen Augen sah sie hinaus, bis es dunkel wurde, und die Schatten im Zimmer auf sie zukrochen.

Sie schrak erst zusammen, als die Tür aufging, und dann kehrte die Wirklichkeit zu ihr zurück.

Sie wandte sich um, und es war, als müssten ihre noch in die Ferne gerichteten Augen sich erst daran gewöhnen, die diesseitige Welt zu erkennen. Langsam erhob sie sich und stützte sich auf die Stuhllehne. Das Licht aus dem Treppenhaus fiel in ihr Zimmer.

Vor ihr stand Heinrich.

Von seinem Mantel troff der Regen, und er hielt den Hut in der Hand, als sei die nächste Bewegung, die er tun würde, von entscheidender Bedeutung. In der Dämmerung erahnte sie sein Gesicht, das vertraute, von der unfrohen Vergangenheit gezeichnete Gesicht, das sie einmal so geliebt hatte, und in das Enttäuschung und Sorgen ihre Falten eingegraben hatten.

"Da bin ich", sagte er nur, und seine Stimme klang brüchig. Dann sah er das Telegramm, das sie noch immer in der Hand hielt. Er griff in die Mantel-tasche.

"Ich habe auch eines bekommen..." und "... ich bin übrigens auch wieder allein..."

Sie stand unbeweglich, während er den Hut auf den Tisch legte.

Dann nahm er die Brille ab, weil sie beschlagen war, und wandte sich ihr zu. Sie erkannte die Trauer in seinen Augen und als sie die Tropfen auf seinem Gesicht sah, wusste sie, dass es nicht vom Regen kam. Aber sie glaubte, etwas zu verspüren, was von ihm ausging, nämlich etwas von der ersten, zaghaften Glückserwartung eines Heimgekehrten...   *Helmut Pätz*

157

Diamanten auf blauem Samt

Der Knall ließ die Fensterscheiben erzittern.

Wie ein scharfes Messer schnitt es in die sanftblaue Dämmerung des Nachmittags, und der Himmel schrie auf in unerträglichem Schmerz. Die Menschen auf dem grauen Asphaltplatz blieben stehen und zogen unwillkürlich die Köpfe ein. Sogar die Häuser schienen zu erbeben. Die ganze Stadt duckte sich.

Dann standen sie am Himmel: Vier Streifen, silberweiß, wie gemeißelt. Für den Bruchteil einer Sekunde schienen sie stillzustehen, gleißend in der Sonne - Diamanten gleich auf blauem Samt.

"Oh", sagte die alte Frau mit dem Kopftuch. Sie lehnte sich gegen die Hauswand und griff sich mit der Hand nach dem Herzen.

Zwei Jungen starrten nach oben. "Mensch", sagte der eine, "mindestens zweitausend Sachen..."

Ein Mann hörte es. Er lächelte. "Ja, ja, der Fortschritt... ach, wenn man doch auch noch einmal..."

Sein Begleiter schüttelte den Kopf. "... der Mensch auf der Flucht vor sich selbst..."

Die Düsenjäger verschwanden hinter den Dächern.

"'ne Wucht!" rief der Junge.

"Notwendige Entwicklung", sagte der Mann leuchtenden Blickes. "Nicht aufzuhalten..."

Der Andere nickte. "Nein, nicht aufzuhalten..."

Die Wunde am Himmel schloss sich wieder. An der Hauswand lehnte noch immer die alte Frau und hielt die Hand unter dem Herzen...

Helmut Pätz

Die Frau neben mir

Auch an diesem Vormittag stand ich, wie schon so oft, in Tölz' kleinem Laden, um mir geeignetes Schreibpapier auszusuchen. Ich ließ mir Zeit, denn dieser eigenartige Geruch von Papier und verstaubten Buchrücken, die im Schein der hereinfallenden Sonne in den Regalen glänzten, heimelte mich schon immer an. Während ich mal dieses, mal jenes abwägend in die Hand nahm, beobachtete ich den alten Tölz in seiner kleingestaltigen, etwas nervös-knurrigen Geschäftigkeit. Neben ihm sah ich einen älteren Mann, wie er unentschlossen in einem Kasten mit bunten Ansichtskarten wühlte, und auch jenen jüngeren, der in geübter Eile, gleichsam in der Tür stehend, mit Tölz das bereits abgezählte Geld gegen die Morgenzeitung tauschte.

Plötzlich fiel mein Blick auf die Frau neben mir. Offenbar hatte sie schon eine ganze Weile dort gestanden. Ich bemerkte, dass sie denen, die nach ihr kamen, den Vortritt ließ, als könnte sie sich für nichts entschließen. Aber geradezu körperlich verspürte ich ihre Ruhelosigkeit, ihre Erregung, die so deutlich war, dass sie sich auf mich übertrug. Sie hatte Hausschuhe an den Füßen und wegen der morgendlichen Kühle einen leichten Schal übergeworfen. Die Hände, die sie vor der Brust hielt, schlossen sich fortwährend zu Fäusten und öffneten sich wieder.

Jetzt stand sie vor dem Ladentisch, und Tölz sah sie fragend an.

"... bitte... darf ich mal telefonieren bei Ihnen?" brachte sie mühsam heraus, "... es ist sehr dringend..." Und dann, beinahe entschuldigend: "...

mein Sohn..." Ihre Stimme war fast ohne Klang, "es steht sehr schlimm um ihn... wir haben ihn gestern Abend noch in die Klinik bringen müssen... die ganze Nacht über habe ich kein Auge zumachen können... Und jetzt halte ich die Ungewissheit einfach nicht mehr aus..."

Der Ausdruck ihrer Gesichtes war unbeschreiblich. Nie zuvor hatte ich einen Menschen gesehen, der so voller Angst und stummer Verzweiflung war.

Tölz sah sie immer noch an. Eine steile Falte hatte sich auf seiner Stirn gebildet.

"Bitte..." sagte er dann nur und trat beiseite.

Er wies auf das Telefon, das sich neben einem Stapel von Illustrierten befand.

Die Frau wandte uns den Rücken zu. Und dann war da nur noch ihre Stimme im Raum. Fast schmerzhaft empfanden wir, die wenigen Kunden, Tölz und ich, diese Sekunden, in denen die Zeit stillzustehen schien.

"Bitte, Herr Doktor..." Mehr vermochte sie nicht zu sagen.

Dann sprach es längere Zeit im Telefon auf sie ein.

"Herr Doktor..." wiederholte sie, und dann nochmals: "Ach, Herr Doktor. .."

Und eine ganze Weile später, als man am anderen Ende der Leitung schon aufgelegt haben mochte: "Ich danke Ihnen..."

Sie drehte sich um. Die unerträgliche Spannung, die ihr Gesicht qualvoll versteinert hatte, war von ihr abgefallen. Als sie an mir vorbeiging, sah ich Tränen in ihren Augen.

"... er ist durch..." flüsterte sie, "er ist durch... er hat es geschafft..."

Mir schien, als atmete alles unhörbar auf. Eine fast fröhliche Geschäftigkeit kehrte zögernd zurück, und Tölz, der ewig Knurrige, Nervöse, lächelte sogar, als ich ging.

Das Gesicht und die Stimme der fremden Frau aber waren bei mir, den ganzen Tag über, und ließen mich nicht mehr los...

Irene Pätz

Die Hälfte hätte genügt

"Verena! Verena..."

Der alte Mario stapfte aufgeregt durch den weißen Sand und war ganz außer Atem, als er die Frau erreicht hatte, die dastand, mit dem Gesicht zum Meer, und die Kinderschar zusammenrief. Sie kamen, von überall her, mager, aber lachend und sonnenverbrannt, denn die Sonne, die war das Einzige, was man in diesem armseligen Fischernest Cintaro haben konnte, ohne dafür zahlen zu müssen.

"Verena", keuchte Mario, "sie sind wieder da, die Americanos." Er zeigte mit dem Daumen über die Schulter. "Da hinten kommen sie schon..."

Über das Gesicht der Frau huschte es wie der Schatten einer schnellen Wolke.

"Verena..." Marios Stimme hatte einen beschwörenden Klang angenommen. "Überleg es dir gut..." Er zeigte auf die sieben Kinder, die lachend und kreischend ihre Mutter umtobten. "Ah, du denkst an Tonio. Aber Tonio kommt nie wieder, um für dich und die Kinder zu sorgen. Die See hat ihn sich genommen und sie gibt ihn nicht wieder her, und wenn du noch so oft hier stehst und auf das Meer hinausstarrst... du bist arm,

Verena, arm, wie wir alle hier. Aber die Americanos, die sind reich, so reich, dass es ihnen nichts ausmacht, bei der heiligen Madonna, mir, dem alten Mario, fünfzig Gallonen von Valentinos bestem Zaffarrano zu spendieren. Wenn alles klappt, natürlich..." Und er schnalzte genießerisch mit der Zunge.

Von den Hütten her näherten sich eine Frau und ein Mann.

"Entzückend", sagte die Frau. Sie trug Shorts und eine riesige Sonnenbrille, und der Mann sagte: "Yes..."

Die Frau lächelte. "Alles ihre Kinder?"

Verena nickte. "Si, Signora, tutti..."

Die Andere zögerte einen Augenblick. "Und? Haben sie es sich überlegt? Wir wollen heute noch abreisen."

"Überlegt?" Verena schüttelte den Kopf. "Nein, noch nicht so richtig..." sagte sie und legte die Hand auf Luigis kleinen Krauskopf. Dabei hatte sie die ganze Nacht über kein Auge zugemacht und an nichts anderes denken können... wie schwer es für sie war, die sieben Rangen immer wieder sattzukriegen, morgens in aller Frühe aufzustehen und unten am Fluß die Wäsche zu waschen für die Signora di Leo und die Bedottis, sich abends die Klagen der Nachbarn über die vielen Streiche der Kinder anzuhören und dann die halbe Nacht aufzusitzen, um all die zerrissenen Hemden und Hosen zu flicken, wobei ihr die Augen vor Müdigkeit brannten, - und dass sie auch mal eine ganze Nacht neben Vittorio oder Aldo wachte, weil die sich mal wieder an den unreifen Früchten von Signore Bastianis Weinstöcken den Magen verdorben hatten...

"Er wird es gut haben bei uns, ihr Luigo" hörte sie die Frau sagen, "und unser kleiner Bill hat jemanden, mit dem er spielen kann. Ihrem Kleinen wir es an nichts fehlen..."

Verena blickte auf. "An nichts?"

"Wir sind reich..."

Da beugte sich Mario zu ihr herüber. "Sie zahlen viel Geld, die Americanos, wenn ihnen so ein Bambino gefällt", flüsterte er ihr ins Ohr. "Und hast du nicht selbst immer gesagt, die Hälfte hätte auch genügt?"

Verena sah die Frau an. "Alles wird er haben, sagen Sie. Alles. Aber auch so einen weißen Strand wie diesen hier? Mit Wellen, die sich überschlagen und einen mit hinausreißen, wenn man nicht achtgibt?"

"Einen Strand? Die Frau lachte perlend auf. "Oh, nein. Wozu brauchen wir einen Strand? Einen großen Swimmingpool haben wir. Direkt am Haus. Aus echtem Marmor. Jeden Tag wird frisches, temperiertes Wasser eingelassen. Das ist viel hygienischer und gesünder."

Verenas Zähne nagten an den Lippen. "Und Wind? Weht bei Ihnen auch so ein Wind von See her?"

Die Frau schüttelte belustigt den Kopf. "Bei uns weht kein Wind. Bei uns herrscht ein immer gleiches, mildes Klima, und unser Haus ist von allen Seiten geschützt."

Die Kinder standen mit nackten Beinen in der auslaufenden Brandung und jubelten jedesmal laut auf, wenn der alte Mario einen Kieselstein mit wohlgezieltem Wurf über die runden Rücken der Wellen hüpfen ließ.

"Luigi wird die beste Schule im Lande besuchen und eines Tages an einer berühmten Universität studieren können", fuhr die Frau selbstsicher fort. "Und dann, wenn er sein Diplom hat und ein berühmter, angesehener Mann geworden ist, wird er Sie besuchen, und sie werden sehr stolz sein auf ihn. Sehr stolz und sehr glücklich..."

Verena blickte wieder aufs Meer hinaus, und es schien, als hätte sie die Frau und die beiden Männer neben sich vergessen.

Nein, dachte sie, ich werde nicht glücklich sein und auch nicht stolz. Und Luigi auch nicht. Er gehört hierher, zu uns, in unser Dorf, wo es nach Fischen und Seetang riecht und wo man jedes Stück Leckerbissen unter vielen Mäulern verteilen muss. Ah, sie wird es nie verstehen, die fremde Frau, aber das alles hier nur kann wirklich glücklich machen und nur das...

Dann drehte sie sich um und schüttelte den Kopf. "Nein," sagte sie nur. Nichts weiter. Es gab nichts mehr zu sagen.

Später dann sah sie der Frau nach, die langsam über den Strand auf das Dorf zuging, hinter sich den Mann, der ihr ratlos folgte. Der alte Mario wollte betrübt davonschleichen, da griff sie schnell in die Schürzentasche.

"Hier", rief sie ihm nach und warf ihm ein paar kleine Münzen zu, "mein letzter Arbeitslohn von den Bedottis! Komm, Mario, geh zu Valentine und trink' einen Zaffarano auf Luigi. Nein, halt, trink' auf uns alle, auf unser aller Wohl!"

Und dann lachte sie. Und von See her kam der Wind und zerrte wie eine ungeduldige Hand an ihren Haaren...

Helmut Pätz

Die Zeit stand still

Er lag ganz ruhig. Das Atmen fiel ihm schwer, und der Nebel lastete auf ihm. Hin und wieder lichtete sich der dichte Schleier und gab, für Sekunden nur, die furchtbare, eisübergossene schwarze Wand frei und den kleinen Felsvorsprung, auf dem er lag. Und sofort deckte der Nebel alles barmherzig wieder zu. Er sah nichts, aber er wusste, dass es bei ihm war, ganz in der Nähe. Es war bei ihm, das Endgültige, das keinen Aufschub duldete und vor dem es kein Zurück gab. Er wusste nicht, wie lange er so lag, - die Finger, die keinen Schmerz mehr empfanden, in den schmalen Spalt gekrallt, und die sich ablösten mit den Füßen, die fortwährend den Halt zu verlieren drohten. Die Uhr war beim Sturz zerschlagen. Er brauchte sie nicht. Für ihn gab es keine Zeit mehr.

Der Sturz war nicht sehr schlimm gewesen. Schmerzen fühlte er nicht. Er lag hier, verkrampft in dieses Bett aus Schnee und Eis - hinter sich, neben sich das Unfassliche der steil abfallenden Wand, die ihn nicht losließ, und deren Anblick der Nebel verdeckte.

Sie würden ihn nicht finden!

Sie hatten ihn gesucht. Zweimal hatte er sie gehört. Ganz nahe waren sie gewesen. Eine ganze Seilschaft musste es gewesen sein. Sie hatten gerufen, gelauscht, wieder gerufen. Er hatte ganz still gelegen, auf den nackten Stein gepresst. Zum Zerspringen hatte sein Herz geschlagen und war dann vor banger Erwartung fast stehengeblieben. Er hatte den Mund geöffnet, tief Luft geholt und dann den Atem in den Nebel gestoßen. Aber kein

Laut war über seine Lippen gekommen. Sie hatten ihn nicht gehört. Keiner konnte ihn hören.

Dann hatten sie sich entfernt, und die Zeit stand wieder still, erstarrt in eisigem Stein und Nebel, der sich wild emporwand und doch kraftlos immer wieder niedersank.

Und sie kamen ein zweites Mal. Näher noch. Wieder riefen sie, und irgendwo löste sich ein Stein. Ein Splitter jagte über seinen Handrücken. Aber sie bemerkten ihn nicht. Dieses Mal versuchte er auch nicht mehr zu rufen. Er presste das Gesicht nur auf die Hand...

Der Sergeant schob das Magazin beiseite, in dem er eben noch geblättert hatte

„Warum kommen Sie? Wir können nichts tun. Der Bürgermeister weiß das doch."

Die Frau erwiderte seinen Blick, und nicht die geringste Veränderung in dem vom grauen Haar umrahmten Gesicht ließ darauf schließen, was in ihr vorging. "... ich bin die Mutter."

Er schob im Sitzen seinen Stuhl zurück und zog ihn wieder heran. "... o.k., wir haben das schon einige Male gemacht,,, ja.... aber es geht nicht. Ich will Ihnen sagen, warum. Wir haben zur Zeit nur einen einzigen Mann, der den Helikopter fliegen kann... da liegt er!" Er zeigte auf die Pritsche, auf der ein schnarchender Soldat lag. "Rugbymatch... Meisterschaft! Seine Mannschaft hat gewonnen. Er ist restlos fertig..." Er sah sie verständnisheischend an, stand dann aber auf und gab dem Mann einen kräftigen Stoß in die Seite. Der rührte sich nicht. "Sehen Sie selber..."

"Sie haben noch eine Mutter, Sergeant?" fragte sie unvermittelt, und er sah sie verständnislos an.

„Ja, ich weiß, was Sie jetzt denken. Aber er ist der einzige, wirklich, und er ist völlig kaputt. Selbst wenn er wollte, ich müsste es ihm verbieten... ja, und außerdem ist er blutjung, und auch er hat eine Mutter..."

Sie fuhr mit der Hand längs der Schreibtischkante. "Ja, Sie haben Recht. Auch er hat eine Mutter..."

Der Sergeant atmete tief auf und fegte das Magazinheft mit einem Ruck vom Tisch. "Tut mir leid, ich will Ihnen nicht wehtun... aber sie haben doch nach ihm gesucht. Zwei Trupps waren unterwegs. Von uns auch welche. Die Leute kennen die Wand. Sie hätten ihn gefunden..."

"Oben ist dichter Nebel, Sergeant, seit Stunden schon..."

"Sie haben gerufen. Er hätte geantwortet, wenn er wirklich die Kraft gehabt hätte, sich so lange zu halten."

Sie sah an ihm vorbei. "Nein, er hätte nicht geantwortet. Er hätte es gar nicht können. Er hatte einen Unfall... Er hat keine Stimme mehr..."

Der Sergeant rückte wieder seinen Stuhl zurück. "So ist das also", sagte er nach einer ganzen Weile. Dann sprang er plötzlich auf, nahm ein Handtuch, tauchte es ins Waschbecken und klatschte es dem schlafenden Soldaten ins Gesicht. ..

Wie die zarte Berührung einer tastenden Hand spürte er die Sonnenstrahlen, und als er nach langem Zögern nur widerwillig die Augen öffnete, wusste er, dass das Endgültige doch noch nicht gekommen war. Und dabei hatte er es so gehofft, bevor er das letzte Mal eingeschlafen war, hatte gewünscht, dass sich die Finger lösen möchten und auch die Füße ihren Halt verlören, im Schlaf, ohne dass er es merkte. Aber er lebte. Er atmete. Und der Nebel war fort. Die Sonne wärmte seinen Rücken, und neben ihm stand die Wand, klar und steil, aber hell und gleißend in der Sonne jetzt, nicht mehr furchterregend und feindselig. Er wandte den Kopf, ganz langsam, und in der Ferne sah er die Bergwiesen und kleine Spielzeughäuser und dahinter, unendlich fern, die Kette der schneebedeckten Gipfel.

Er blickte nach oben.

Im kristallklaren Morgenhimmel stand über ihm ein Adler, zog ruhig seine Bahn, verschwand, kam wieder - und dann sah er, dass es kein Adler war, sondern ein Helikopter, der näherkam, an der Wand entlangstrich, und dann auf einmal nicht mehr zu sehen war. Fernes Motorengeräusch verwehte.

Wieder war er allein. Er presste die Stirn gegen die Hand.

Sie sehen mich nicht, dachte er. Warum sehen sie mich nicht? Eine entsetzliche Angst würgte in seiner Kehle. Mein Gott, sie sehen mich nicht!

Dann, etwas später, kam das Flugzeug wieder. Wie eine Feder schwebte es im Aufwind der steilen Wand. Das Brummen schwoll an, verebbte wieder.

Er lachte und weinte zugleich.

Das feine Brummen aber kam näher, wurde lauter, kam näher und immer näher...

Helmut Pätz

Eine kleine unscheinbare Frau

Betroffen starrte er auf die Tür, die eben hinter der resoluten Frau ins Schloss gefallen war. "... zum letzten Mal, Jack, ich leihe Ihnen kein Geld, keinen Cent", hatte sie ausgerufen, "seit drei Monaten schulden sie mir schon die Miete, und jetzt wollen

Sie von mir alten alleinstehenden Frau auch noch Geld dazuleihen. Ein Kerl wie sie, groß und stark. Schämen sollten Sie sich..."

"In spätestens zwei Monaten gebe ich es Ihnen zurück", hatte er einzuwerfen gewagt, "mit hohen Zinsen. Bestimmt, es ist ein bombensicheres Geschäft, was ich vorhabe..."

Sie hatte abwehrend die Hand gehoben. „Unsinn! Sehen Sie lieber zu, dass Sie einen richtigen Job kriegen. Gehen Sie zu Walton, der sucht einen kräftigen Mann für seinen Holzplatz." Mit einem energischen Ruck hatte sie die Handtasche vom Tisch genommen. "Hier sind zwei Dollar... die F r a u k o m m t n a c h h e r, u m f ü r d e n Wohltätigkeitsverein zu kassieren. Geben Sie ihr das Geld!" Dann hatte sie den kleinen, komischen Ausgehhut aufgesetzt und die Tür hinter sich zugezogen.

Eine ganze Weile dauerte es, bis ihm bewusst wurde, dass er allein war. Er ging in sein Zimmer zurück, in welches die hohen Mauern auf der anderen Straßenseite der Sonne jeden Zutritt verwehrten, trat ans Fenster und lehnte die Stirn an das kühle Glas.

Dann begann er fieberhaft nachzudenken.

In ihrem Schlafzimmer bewahrte sie Geld - das wusste er zufällig genau. Vielleicht auch noch etwas mehr. Und er brauchte das Geld dringend! Frederiksen handelte mit gebrauchten Autos und suchte noch jemanden, der tausend Dollar mit einbrachte. Klar, Frederiksen hatte nur einen alten Bretterschuppen, und man musste ihm auf die Finger sehen. Aber ein gewisses Risiko steckte schließlich in jedem Geschäft...

Er ging ins Zimmer zurück.

Richtig, die Frau würde ja kommen, um zu kassieren. Ein paarmal schon hatte er ihr das Geld gegeben, wenn die Alte nicht da war. Eine kleine, unscheinbare Frau war sie. Er mochte sie eigentlich nicht. Sie war kurzsichtig, und wenn sie einen ansah, kniff sie die Augen zusammen. Die randlose Brille, die sie bei sich trug, setzte sie nie auf. Eitel war sie also auch noch.

Sie kam immer sehr spät, meistens, wenn es schon ganz dunkel war, und auf einmal fiel ihm ein, dass sie viel Geld bei sich haben musste, all das Geld, das sie schon vorher kassiert hatte. Zweihundert, dreihundert Dollar, vielleicht auch fünfhundert?

Er zog den Stuhl ab und setzte sich an den Tisch. Außer der Alten und ihm wohnte kein Mensch in diesem kleinen Haus, und vor dem späten Abend würde seine Zimmerwirtin nicht zurückkehren. Er grübelte weiter.

Wenn die Frau zum Kassieren kam, war es dunkel. Und die Treppenbeleuchtung war erbärmlich. Er musste sie in die Wohnung lassen, um ihr das Geld zu geben. So weit - so gut. Nachher würde er sie dann bis zur Treppe geleiten, weil sie doch so schlecht sehen konnte... ein kleiner Stoß nur, - wie unbeabsichtigt. Die Treppe war lang und lief unten zu einem Bogen aus. Sie war eine schwächliche Person. Mit wenigen Sätzen würde er bei ihr sein, angeblich, um ihr zu helfen. Er wusste ja, wo sie ihr Geld bei sich trug. Und wenn er Glück hatte, war sie von dem Sturz so benommen und merkte gar nicht, dass es ihr abgenommen wurde. Sekunden später würde er dann aus dem Haus stürzen, und dann um die Ecke hinein in Alberts Stehbierhalle. Die Haustür würde er offenlassen, damit zufällig Vorbeigehende die Frau unten liegen sehen konnten. In Alberts Kneipe aber waren genug Gäste um diese Zeit, die alle bezeugen konnten, dass er aufgeregt und völlig außer Atem die Unfallstation oder einen Arzt angerufen hatte. Wer wollte bezweifeln, dass in der Zwischenzeit irgend jemand der bewusstlosen Frau am Treppenabsatz das Geld abgenommen hatte?

Als es dann dunkel war, klingelte es wie erwartet.

Die Frau stand vor der Tür, klein, unscheinbar, wie immer. Aber unerwarteter Weise lehnte sie sich gegen den Türpfosten. Sie atmete hastig und stoßweise. "Bitte..." stieß sie hervor, "einen Schluck Wasser..."

Er starrte sie an. Wasser? Einen Schluck Wasser wollte sie haben? Was sollte das denn nun - das gehörte doch gar nicht zu seinem Plan. Das verzögerte doch alles nur...

Sie seufzte, als er mit ihr in die Küche ging. Sie lehnte sich schwer auf den Tisch, und er fand, dass sie noch blasser aussah als gewöhnlich, Er sah kleine Schweißperlen auf ihrer Stirn und fühlte sich hilflos. Vielleicht war sie krank? Schwerkrank vielleicht? Er wies auf einen Stuhl und ließ ein Glas voll Wasser laufen. Sie leerte es zur Hälfte, atmete tief auf und trank dann den Rest in einem Zug. Er sah erst sie an und dann die Tasche mit dem kassierten Geld, die sie neben sich auf den Tisch gelegt hatte.

Sie setzte das Glas ab. Ein schüchternes Lächeln trat in ihr Gesicht. Sie kniff die Augen nicht zusammen wie sonst, und er hatte das Gefühl, daß sie ihn gar nicht richtig ansah, sondern durch ihn hindurch in eine unbestimmte Ferne. Eine schwache Röte überzog ihre blasse Haut.

"Ich danke Ihnen", sagte sie dann, "es ist nämlich... ach, das wird Sie vermutlich nicht interessieren... aber ich werde ein Kind haben. Seit zwölf Jahren haben wir es uns gewünscht, mein Mann und ich, denken Sie nur, seit zwölf Jahren. Und jetzt endlich..." Sie stand auf und reichte ihm die Quittung. "Also, nochmals vielen Dank. Es geht schon wieder..."

"Ja," entgegnete er nur, "Ja..."Er war jung, und er wusste nicht, was man einer Frau sagte, die ein Kind bekommen sollte. Außerdem hatte er eben gerade noch an ganz andere Dinge gedacht, und sein Blick fiel wieder auf die Tasche mit dem Geld. "Warten Sie... Ich helfe Ihnen..."

Als sie an der Treppe stand, war er ganz nahe hinter ihr. Er legte die Hand auf ihren Arm.

Die trübe Glühbirne warf nur einen schwachen Schein. Er nahm ihre Hand und ging vor ihr die gewundenen Treppenstufen hinab. Unten angekommen lächelte sie noch einmal und kniff wieder, wie gewohnt, die Augen zusammen, als sie ihn ansah. Er blickte ihr nach, als sie in der Dunkelheit verschwand...

Oben fiel er auf sein Bett. Die Spannung, die ihn eben noch zu erdrücken gedroht hatte, fiel von ihm ab. Er lachte laut in die Dunkelheit hinein und hatte gleichzeitig das Gefühl, jeden Augenblick losheulen zu müssen.

Er warf sich herum und presste das Gesicht in die Kissen. Wieder sah er die Frau vor sich. Sie war unansehnlich und kurzsichtig - und sie freute sich auf das Kind.

Und dann dachte er, dass er nun doch nicht bei Frederiksen einsteigen würde. Na, wenn schon.

Gleich morgen früh würde er zu Walton gehen. Vielleicht konnte der ihn gebrauchen.

Helmut Pätz

Immer wieder rief sie seinen Namen

Jedesmal, wenn ich meinen Wagen auftanke, den Benzingeruch einatme und die zerlaufenen Ölflecke am Boden sehe, packt mich jenes gewisse Unbehagen über die Bequemlichkeit, die ich genieße, und dann denke ich an Alonzo und an die alte Frau, die wieder und wieder seinen Namen rief,...

Den ganzen Vormittag hatte ich mit Senor Estrados im Schatten seines Hauses gesessen. Wir hatten gerade um einen Spezialdrink geknobelt, als er plötzlich aufsprang, das Fernglas nahm und an die Balustrade eilte. "Kommen Sie schnell, Senor. Da ist sie..."

Eben noch felsenfest davon überzeugt, dass nichts auf der Welt uns hinaustreiben könnte in diese Hitze da draußen, die wie eine unermessliche Last das flirrende, steinige Land und das graublaue, regungslose Meer unter sich zu erdrücken schien, muss ich ihn verständnislos angesehen haben. "Wer?" fragte ich.

"Die Mauretania..." Er ergriff seinen breitrandigen Hut. "... unser Schiff", fügte er hinzu, während wir nebeneinander die ausgetretenen Steinstufen zum Hafen hinabgingen. "Sie müssen wissen, sie ist das einzige Tankschiff, dessen Besatzung von hier ist, der größte Teil von ihnen jedenfalls. Ah, sie ist nicht mehr die Jüngste, zugegeben, und auch nicht gerade das beste Schiff. Aber sie gehört uns." Besitzerstolz schwang in seiner Stimme mit, während er ächzend das am Band vor seiner Brust schlenkernde Fernglas zu bändigen versuchte.

Menschen gesellten sich zu uns, aus kleinen Häusern und verwinkelten Gässchen quollen sie hervor. Alte Männer, alte Frauen. Junge Frauen, mit kleinen Kindern auf dem Arm und größeren, die ihnen am Rockzipfel hingen. Alle lachten, schwatzten, riefen durchein-ander.

"Sie haben alle jemanden an Bord", fuhr Estrado fort, während wir uns dem Hafen näherten. "Den Mann, den Bruder, den Sohn. Aber auch wer niemanden hat, kommt hierher, um dabei zu sein, wenn die Mauretania am Pier festmacht. Einen ganzen Tag dauert es, bis sie das Öl in die Raffinerie gepumpt haben. Meistens geben sie noch eine Nacht hinzu..." Er schmunzelte.

Wir traten zwischen die Leute, die nahe am Wasser standen. Auch von der Raffinerie -waren zwei Männer gekommen. Sie standen abseits und grüßten knapp.

"... Die Menschen hier hassen die Raffinerie. Sie hassen sie wegen der Dunstglocke, die seit Jahr und Tag über den Häusern und den vielen vorgelagerten Tanks hängt. Sie hassen sie wegen des Gestanks und wegen der Unglücksfälle, die immer wieder einen von ihnen Gesundheit und Leben kosten, und sie hassen sie wegen des ewigen Feuers, dessen Schein nachts bis in ihre Zimmer flackert. Zugleich aber hängen sie an der Raffinerie, weil man dort Arbeit hat, und weil es außer ihr hier nichts gibt als Not und Armut. Kein Fremder kann sich abfällig äußern über die Hitze und den Gestank, ohne dass ihm nicht aufs äußerste wider-sprochen wird..."

"Die Mauretania!" rief jemand, und alle starrten hinaus aufs Meer. War sie eben noch ein kaum erkennbarer Rauchstreifen im Dunst der Kimm gewesen, so erkannte man sie jetzt schon deutlich an dem langen Vorschiff und dem einzigen Achterschornstein, eingehüllt in eine dichte, schwarze Qualmwolke.

Die Leute waren ungeduldig. Es dauerte ihnen viel zu lange, bis das Schiff näherkam. Sie standen da, dunkelhaarig, braunhäutig, barfuß zumeist, und traten von einem Bein aufs andere. Zwischen ihnen streunten magere Köter.

Da schrillte die Sirene vom Dampfer zu uns herüber, einmal, zweimal, dreimal. Wie ein Messer schnitt sie hinein in diese freudige Ungeduld, in das erwartungsfrohe Geschwätz, und auf einmal herrschte dumpfe Stille.

Ich sah Senor Estrados an. Er blickte durch sein Glas. "Sie scheint stillzuliegen..." Er schüttelte verwundert den Kopf und reichte mir sein Fernglas.

Ich konnte nichts erkennen. Das Schiff war von seinem eigenen Qualm so eingehüllt, dass man nichts Genaues ausmachen konnte. Immer wieder schrillte die Schiffssirene in die hitzeflirrende Luft. Unter uns am Pier wurde der Motor einer Barkasse angelassen. Die beiden Männer von der Raffinerie sprangen hinein, und dann pocherte das kleine Boot über das unbewegte Wasser hinaus, der Mauretania entgegen.

Die Leute sahen sich an. Sie gestikulierten und redeten durcheinander. Ich verstand kein Wort.

Senor Estrados' Fernglas wanderte zwischen uns beiden hin und her, und fast körperlich spürte ich die Betroffenheit der Menschen um mich herum und ihre Angst. Die Barkasse tauchte im Rauchfeld des Schiffes unter, und fast gleichzeitig lösten sich zwei kleine Punkte aus dem Bereich der Dunstglocke. Nach anfänglichem Zögern nahmen sie Kurs aufs Land.

"Rettungsboote", sagte ich, "vollgepfercht mit Männern..."

Senor Estrados übersetzte. Die Leute umringten uns jetzt, bestürmten uns mit Fragen, während die Sirene in gleichmäßigen Abständen aufheulte und die Rauchwolke sich ständig weiter ausbreitete.

Als sich das erste Boot näherte, ließen die Leute wieder von uns ab. Es war die Barkasse mit den beiden Männern von der Raffinerie. Sie sprangen auf die Pier und wurden sofort eingekreist und mit erregten Fragen überschüttet.

Estrados trat zu mir. "Feuer..." sagte er nur, auf seiner Stirn perlten Schweißtropfen, "Feuer auf der Mauretania... in einem der Mannschaftslogis... sie können nicht mehr löschen... alle sind sie schon in den Booten, bis auf drei... der Kapitän, ein Chinese und einer von uns hier... ich weiß noch nicht, wer es ist... sie haben wieder Dampf unter allen Kesseln. Sie wollen wieder auf See hinaus... eine Explosion hier im Hafen... das wär' nicht auszudenken... eine Katastrophe..."

Die Boote wurden größer, kamen näher. Die Leute starrten ihnen mit angstvollen Gesichtern entgegen. Ich kraulte das Fell des Köters, der sich gegen mich drückte, weil sich sonst keiner um ihn kümmerte. Ich sah die Männer rudern, als sei der Tod hinter ihnen her. Die Mauretania dampfte wieder seewärts, in eine immer größer werdende schwarze Wolke gehüllt.

Estrados starrte durch sein Glas auf das vorderste der Rettungsboote. "Martinez ist dabei..." rief er den Leuten zu. Sie wandten sich ihm zu, voller Angst und Hoffnung zugleich. "Gomez... Alvarez... zwei Malayen..."
Eine alte Frau drängte sich vorbei. "Alonzo..." rief sie, und wieder: "Alonzo!"
Das erste Boot drehte bei, die Männer krochen an Land, taumelnd, rußverschmiert. Weinende Frauen schlossen sie in die Arme, schrieen, lachten vor Erleichterung, und Kinder hingen wie Trauben an ihnen. Dann landeten das zweite Boot. Man zog die Männer hoch, lachte verkrampft, machte erregte Scherze, und in ihren Gesichtern stand der noch nicht überstandene Schrecken. "Alonzo", sagte die alte Frau neben mir. Sie hielt meinen Arm fest wie ein Schraubstock, ohne es zu merken, und suchte mit rastlosen Augen die Gesichter der Männer ab. "Alonzo..." Ich zuckte ratlos die Achseln, und Estrado kam auf mich zu.
"Ihr Junge", sagte er leise, "er ist mit an Bord geblieben, freiwillig, weil er der einzige von ihnen ist, der weder Frau noch Kinder hat."
"Alonzo!" Sie verstand nicht. Wollte wohl auch nicht verstehen. Einer der Raffinerie-leute legte den Arm um ihre Schulter, beugte sich zu ihr und sagte etwas. Später sah ich dann noch einmal ihr Gesicht. Sie weinte nicht. Aber ihre Augen waren weit aufgerissen, fassungslos, voller Entsetzen.
"Alonzo", sagte sie leise.
Da kam von See her ein dumpfer Schlag, als wenn die flache Hand eines Riesen aufs Wasser schlägt, und die Fensterscheiben der nahe gelegenen kleinen Häuser klirrten leise. -

Und darum denke ich oft an Alonzo, einen Jungen, den ich nie gesehen habe, und an die alte Frau, wie sie herumirrt, seinen Namen ruft, immer wieder, und nicht begreift...
Helmut Pätz

Mutter trug sie immer...

Endlich einmal war er dazugekommen, die Bodenkammer aufzuräumen. Er hockte da und kramte in allerlei Gerümpel herum. Da fielen sie ihm in die Hände. Ein Paar Holzpantoffeln. Risse durchzogen das brüchige Leder, und das graue Holz der Sohle war schief und abgelaufen. "Und solche Dinger werden heutzutage wieder getragen", dachte er belustigt.

Wie aus weiter Ferne hörte er auf einmal ihr munteres Geklapper, und er schloss für einen Augenblick die Augen. Nun sah er sie ganz deutlich vor sich... die Mutter. Nie hatte er sie anders gesehen in Erinnerung als mit den Holzschuhen an den Füßen. Frühmorgens schon erfüllte ihr geschäftiges Klappern Haus und Hof, nahm seinen geräuschvollen Weg über Treppen und Stiegen und verhieß ihm, der er noch ein kleiner Bub war, Sicherheit und Geborgenheit. - Und abends, wenn er müde vom Umhertoben im Bett lag, begleitete es ihn bis in die Tiefen eines ruhigen Schlafes...

Und wieder sah er seine Mutter auf sich zukommen aus den wallenden Schwaden der Waschküche, damals, als er und sein Mädchen beschlossen, für immer zusammenzubleiben. Er rief es ihr zu, durch die weißen Dampfschwaden hindurch, übermütig und zaghaft zugleich, und dann klapperten die Holzpantoffeln über den nassen Steinfußboden, und sie schloss ihn in die Arme. "Ich bin glücklich mit dir, mein Junge...."

Dann erinnerte er sich mit einem leisen Ziehen im Herzen an jenen trüben Morgen, als er ihr nacheilte über den Hof, weil er ihr wieder mal etwas Wichtiges zu sagen hatte. Die Holzschuhe klapperten, entfernte sich von ihm, als wüssten sie es, als wollten sie ausweichen - hinauszögern, was doch unausweichlich war. Er fand seine Mutter in der Ecke des Schuppens, dort, wo sie nicht weiter fliehen konnte. Sie sah ihn nur an, und ihr Gesicht war schneeweiß, noch bevor er ihr den gelben Schein mit dem Einberufungsbefehl gezeigt hatte. "Ich weiß", sagte sie nur, "ich weiß..." und dann entfernten sich die Holzschuhe über den holprigen Hof, nicht eilig und fröhlich wie sonst, sondern langsam und schwer, von Leid und Trostlosigkeit kündend...

Und dann war es bei ihm, das Letzte. Er fand sie, wie sie sich auf einem Haufen Wäsche ausruhte. Sie hatte ihre 'Verschnaufpause' gemacht, wie sie es immer nannte, aber dieses Mal war es die letzte, und sie sollte nie mehr enden. Sie saß da, und die Holzpantoffeln hingen an ihren nackten Füßen. Aber nun schwiegen sie - und ihr Klang war verstummt. Doch jetzt, da seine Gedanken zurückkehrten aus der Vergangenheit, hallte es in ihm fort mit der alten, fröhlichen Geschäftigkeit und auch wohl ein wenig sorgenvollen Eile...

"Ja", dachte er wieder, "mit so etwas laufen nun viele wieder herum, aber Mutter... Mutter hat sie ein ganzes Leben lang wirklich getragen..."

Nachdenklich strichen seine Hände über das rissige Leder. Dann stellte er sie behutsam zurück an ihren alten Platz.

Helmut Pätz

Pietro kam nicht

Ein besonderes Vergnügen war es stets für mich, in der einzigen verräucherten Kneipe von Cintaro zu sitzen und den Erzählungen des alten Mario zu lauschen, von denen er einen schier unerschöpflichen Vorrat zu besitzen schien. Wenn er dann aber gar auf seine Mutter zu sprechen kam, trat ein stilles, tiefes Leuchten in seine Augen.

"Sie hätten sie sehen sollen, unsere Mama... mama nostra. Wie ein General sah sie aus, so groß und stattlich, und wenn sie den Mund auftat, si, die Zunge eines Seemannes hatte sie. Wer sie nicht genau kannte, musste Angst vor ihr haben. Auch wir Kinder fürchteten sie - aber wir liebten sie auch. Vier Jungen waren wir, ah, einer wilder als der andere. Wenn irgendwo eine Rauferei im Gange war, - die Mattheo-Jungen waren dabei, hundert Lire konnte man darauf verwetten! Und wenn wir abends mit zerschundenen Knien nach Hause kamen, dann warf sie uns nur lachend den Kasten mit dem Verbandszeug an den Kopf und schrie, uns verflixte Jungen werde noch mal der Teufel holen..." Er nippte an seinem Glas und das Leuchten in seinen Augen verstärkte sich. "... aber später, wenn wir in den Betten lagen und schliefen, oder wenigstens so taten, dann kam sie hereingeschlichen und streichelte verstohlen die verbundenen Stellen... Si, so war sie, unsere Mama! Später dann, als wir erwachsen waren, verließen wir das Haus, wie es nun mal so ist im Leben. Fernando ging nach Catania, wo er eine kleine Cafeteria aufmachte, Luigi handelte in Syrakus mit Maultieren und ich blieb hier in Cintaro bei den Fischern. Nur Pietro, unser Bambino, fiel aus der Art. Er hatte einen Geschäftszweig gewählt, der ihn hin und wieder einige Wochen oder gar Monate in Palermo hinter Gittern verbringen ließ. Oh, denken Sie nur nicht, dass er schlecht war, Signore, aber Pietro hatte nun mal so seine eigenen Anschauungen vom Leben. Mama ließ sich nie anmerken, wie sehr sie darunter litt, und wenn sie mal wieder irgend etwas Schlechtes über ihn hörte, dann presste sie nur die Lippen zusammen und warf den Kopf in den Nacken. "Pietro liebt mich", sagte sie dann, "und wer seine Mutter liebt und gut zu ihr ist, der ist auch ein guter Mensch..." Und das klang so endgültig, dass keiner etwas dagegen zu sagen vermochte.

Wenn wir uns auch sonst kaum noch sahen, wir Vier, einmal im Jahr an Mamas Namenstag, da kamen wir alle zusammen. Keiner von uns fehlte jemals, in welche Himmelsrichtung der Wind ihn auch gerade getrieben haben mochte...

Nur einmal, Signore, einmal, da war es anders. Wieder saßen wir um Mamas Tisch - die Spaghetti dampften, und der Zaffarrano funkelte in der Karaffe -, aber einer fehlte... Pietro! Wir andern Drei wussten genau, dass er nicht kommen konnte dieses Mal, nur unsere Mama, sie wusste von nichts. Fast brach es uns das Herz, als sie immer und immer wieder, wie zufällig am Fenster vorüberging, ab und zu ein welkes Blatt von den Blumen auf der Fensterbank abzupfte und dabei

181

verstohlen die Dorfstraße hinunterblickte. Dann wandte sie sich brüsk um, seufzte tief auf und lächelte uns dann zu. Ah, ihr trauriges Lächeln schnitt uns ins Herz! Aber sagen Sie selbst, Signore, hätten wir ihr denn sagen können, dass Pietro nicht kommen würde, weil er wieder einmal einige Zeit in Palermo einsitzen musste? Als der Postbote dann endlich zu sehen war, schenkte sie uns schnell jedem ein Glas von dem Zaffarrano ein, aber ihre kräftigen Hände zitterten dabei...

Und dann ging der Briefträger an unserem Haus vorbei - nichts! Mio Dio, ich werde diesen Augenblick in meinem ganzen Leben nicht vergessen! Die Spaghetti waren kalt, als wir anfingen zu essen, und der Wein wollte auch niemanden von uns so recht schmecken... arme, arme Mama!

Spät am Nachmittag, als wir alle so dasaßen und keiner mehr etwas zu sagen wusste, kam jemand auf unser Haus zu, so ein heruntergekommenes Individuum, barfüßig, mit ausgefransten Hosen und einem zerbeulten Hut auf dem Kopf. Er händigte Mama grinsend ein Päckchen aus und verschwand so schnell wie er gekommen war.

Mit fliegenden Händen löste sie den Bindfaden. "Von Pietro", rief sie triumphierend und hielt einen Zettel hoch. "... Verzeih mir, liebste Mama", las sie laut, "aber dieses Mal konnte ich wirklich nicht kommen. Ich hoffe, dass mein Amico das Päckchen unbehelligt durch das Tor schmuggeln kann, und Du Dich zu dem kleinen Geschenk freuen wirst..." Und dann hielt sie mit blitzenden Augen ein buntseidenes Halstuch in der Hand. "Diavolo", stieß sie hervor, "seidene Halstücher konnte ich noch nie leiden, diese verflixten Dinger

rutschen immer so... ah, dieser verrückte Kerl, dieser Bambino, immer nur hat er Blödsinn im Kopf..." Und mit spitzen Fingern trug sie das Tuch in ihre Kammer. Am Abend gingen wir alle gemeinsam zur Messe, und Sie hätten sie sehen sollen, Signore, unsere Mama, mit welchem Stolz sie Pietros seidenes Halstuch trug..."
Helmut Pätz

Treu wie Gold

Der alte Schoner wiegte sich in der leichten Dünung, und eine schwache Brise von See her trieb ihn langsam auf die Hafeneinfahrt zu.

Enrico lachte freudig auf und spuckte in weitem Bogen ins Meer. Benito stand neben ihm und sah das schmächtige Kerlchen verwundert an. "He, Freund, denkst wohl an deine Liebste?"

Enrico antwortete nicht.

Benito beugte sich zu ihm. "Na, wie ist sie? Hübsch? Mir kannst du es doch erzählen. Wie heißt sie?"

Enrico sah ihn an, und das Lachen hing noch in seinen Mundwinkeln. Dann wurde er nachdenklich. "Wie sie ist?" ... Lieb ist sie, einfach lieb. Anna Maria heißt sie... und ob sie hübsch ist?" Er wiegte den Kopf. "Ich glaub' nicht besonders... aber für mich, da ist sie schon hübsch... wunderschön sogar." Und zur Bekräftigung spuckte er noch einmal über die Reling.

Benito lachte aus vollem Hals. "Für dich. Kleiner, wird sie schon die Richtige sein... Aber hier, sieh dir die Meine an..." Umständlich kramte er ein Foto aus der Hosentasche hervor, das eine schwarzhaarige Schönheit zeigte. "Toll, was?" Er lächelte stolz. "Die ist schön... und treu, Freundchen, treu wie Gold ist die... Ist sie auch treu, die Deine?"

"Treu?" Enrico nickte. "Ja, das ist sie wohl."

"Hast du nicht ein Bild von ihr?" drängte Benito, und als der Kleine den Kopf schüttelte, lachte er in gutmütigem Spott. "Trägst ihr Bild in deinem Herzen, was?"

Er gab ihm einen freundschaftlichen Schlag auf die schmale Schulter und ging pfeifend unter Deck. Er dachte daran, wie glücklich der Kleine wieder an Bord gekommen war, damals, als sie Landurlaub hatten im Hafen von Tampico. In einer der vielen Schenken waren sie gewesen, und vorher hatten sie alle noch Geschenke eingekauft für die zu Hause. Auch Enrico. Einen Schal hatte er sich ausgesucht, einen weißen, ganz weichen, teuren. "... ein besonders schönes Stück, Senor", hatte die Verkäuferin gesagt, und Enrico war ganz rot geworden vor Freude und Stolz.

"... schon immer hat sie sich so einen gewünscht", hatte er nur gesagt,

Und jetzt liefen sie wieder ein, nach Monaten, in ihren Heimathafen. Benitos Blick ging suchend über die Reihe der wartenden Frauen und Kinder. Diavolo! Rosita war nicht dabei! Also war sie ihm doch nicht treugeblieben! Ha, er hatte es insgeheim geahnt. Sie warf viel zu feurige Blicke...

Er hob den Seesack auf die Schulter, um in einer der naheliegenden Kneipen seinen Grimm zu ertränken. Da fiel sein Blick auf Enrico, der jetzt vor ihm stand am Kai und die "Seine" in den Armen hielt, so fest, als wollte er sie nie im Leben wieder loslassen.

184

Benito lachte laut auf und spuckte in hohem Bogen auf das holprige Pflaster, als er sah, wie Enrico mit unbeholfener, zärtlicher Geste den schönen, weißen Schal um die Schultern einer älteren Frau legte, aber dann verstummte er beschämt, als er Enricos Stimme vernahm:" „Für dich, M a m a..."
Helmut Pätz

Überlandbus

Der Morgen war neblig und trüb. Die Schritte der beiden Männer hallten von der hohen Backsteinmauer zurück, als sie die stille Straße hinabgingen. Knudsen schritt schnell aus, und die Stahlfesseln, die sie miteinander verbanden, zerrten an den Handgelenken. Fleming presste die Lippen zusammen.
Er blickte noch einmal zurück auf die Mauer, auf den großen Gebäudekomplex mit den vielen vergitterten Fenstern.
Ein halber Tag...
"Ich hätt's nicht gemacht, Fleming, nicht für einen von euch", sagte Knudsen, "... aber der Direktor muß ja wissen, was er tut..."
Der Andere erwiderte nichts. Wozu auch. Knudsen mochte ihn sowieso nicht. Aber Knudsen mochte keinen von ihnen. "Könnt mir auch was Besseres vorstellen, als jetzt hier neben dir zu laufen. Sauwetter..."
Die lange Mauer blieb hinter ihnen zurück. Sie erreichten bald die Landstraße. Fleming fühlte sich nicht wohl. Der Zivilanzug war ihm ungewohnt geworden. Ein halber Tag nur... Neben sich im Dunst wussten sie das Moor, und von irgendwoher roch es nach frisch gepflügter Erde. Lehmbrocken

klebten an ihren Schuhen. Fleming atmete tief durch. Er sog die Luft in sich hinein. Zu beiden Seiten sah er die verschwommenen Umrisse der Bäume. Das Land selbst war in undurchdringlichen Nebel getaucht.

Sie hörten ein Motorengeräusch und traten zur Seite. Schwerfällig schob sich der Überlandbus vorbei.

Knudsen sah auf die Uhr. "Neun Uhr vorbei... sie müsste also da drinnen sein..."

Fleming nickte nur.

Ein verwittertes Schild tauchte aus dem Dunst auf. "Auto-Raststätte". Vor dem niedrigen Gebäude standen ein paar runde Tische, die Gartenstühle umgekehrt darauf.

Dann sahen sie die alte Frau. Sie war allein. Unschlüssig ging sie hin und her. Am Arm trug sie eine Einkaufstasche.

"Ist sie das?" fragte Knudsen. Fleming nickte. Er konnte nichts sagen. Seine Kehle war wie zugeschnürt.

Knudsen blieb stehen. "Also... drei Stunden hast du Zeit, Fleming. Du gehst mit ihr ins Haus. Da drinnen ist ein kleiner Gastraum. Du setzt dich mit ihr ans Fenster, damit ich dich sehen kann. Ich komme später rein und setze mich ganz unauffällig zwei, drei Tische neben euch...und vergiss nicht, genau drei Stunden und nicht eine Minute länger..." Mit einem leisen Klicken sprang die Handfessel auf. Knudsen steckte sie in die Tasche. "Los, Fleming, aber versuche ja nicht abzuhauen. Bei Gott, ich mache kurzen Prozess. Ich will wegen so was wie dir keine Scherereien. . ."

Fleming hörte schon nicht mehr hin. Er ging auf die Frau zu, die stehengeblieben war und ihm entgegensah. Der Schatten ihres Gesichts wurde größer und verdeckte schließlich alles. Er spürte die Arme, die sich um ihn legten.

Später saßen sie dann am Fenstertisch. Sie redeten nicht viel. Das hatten sie nie getan. Ihrem fragenden Blick wich er aus und starrte angestrengt durch das Fenster, das staubig war. Sie hatte ihm ein Glas Marmelade mitgebracht von der herben, selbstgemachten, die er immer so gern gegessen hatte. Jetzt aber würgte es ihn, und er verspürte Übelkeit.

Sie fand, dass er so blass sei, und er antwortete, dass sie viel zu tun hätten. Tag und Nacht müssten sie arbeiten in dem neuen Staubecken, und er könne deshalb auch nicht viel schreiben.

Da legte sie ihre Hand auf seinen Arm und lächelte. Er starrte auf ihr weißes Haar. Warum bin ich bloß hergekommen, dachte er, und wünschte, dass sie schon wieder weg wäre. Zwei Stunden Qual noch! Und doch wusste er jetzt schon, dass er sich vor Sehnsucht nach ihr verzehren würde, sobald sie verschwunden war, nach ihren weichen Händen, ihrem weißen Haar, ihrem stillen Lächeln. Er würde die ganze Nacht über wachliegen und seine Verzweiflung in der harten Wolldecke zerbeißen.

Er wandte sich um. Knudsen saß scheinbar unbeteiligt neben der Tür und trank einen Sprudel.

Und dann sagte er ihr plötzlich, dass er nicht mehr viel Zeit habe. Er müsse zurück. Bald. Nein, gleich. Sie brauchten da oben jetzt jeden Mann. Es wäre das Beste, wenn sie gleich den nächsten Bus nähme. Den in einer halben Stunde.

Langsam zog sie ihre Hand zurück. Sie sah ihn an und begriff nicht.

"Ich dachte, wir könnten einen ganzen Tag zusammen sein", sagte sie nur. Er versicherte ihr hastig, dass er bald schreiben würde,

Als sie hinausgingen, erhob sich Knudsen. Wie unbeabsichtigt trat er neben Fleming, "Nicht einen Schritt zum Bus", sagte er leise, "nicht einen Schritt, sonst..."

Fleming nickte. Er war sehr blass. Dann sah Knudsen die alte Frau, als sie ganz nahe an ihm vorbeiging.

Bis der Bus kam, standen sie zwischen den leeren Tischen vor dem Gartenlokal. Die Frau hielt Flemings Hand. Auf seiner Stirn standen kleine Schweißperlen. Als er sich zögernd umdrehte, sah er Knudsen in der Tür stehen. Sie sahen sich an. Sekundenlang. Dann hob Knudsen unauffällig die Hand und nickte zustimmend. -

Immer noch war es neblig und trüb.

Sie schritten schnell aus. Fleming spürte nicht mehr den Druck der Handfessel.

"Danke, Knudsen", sagte er nach einer Weile, "... danke, für die Schritte zum Bus..."

Knudsen stieß im Gehen unwillig einen Stein beiseite. "... hab ich nicht für dich getan, Fleming..." knurrte er, "... nicht für dich. Nur wegen deiner Mutter. Nur deshalb. Meine sah nämlich genauso aus wie sie, mit dem weißen Haar, wie sie lächelte und so. War doch auch nur, weil sie nicht wissen soll, dass du was ausgefressen hast und sitzt..."

Als sie die rote Backsteinmauer mit dem riesigen Gebäude dahinter erreichten, brach die Sonne zum ersten Mal an diesem Tag durch den Nebel, und es war noch nicht sicher, wer stärker sein würde...

Helmut Pätz

Damals, an jenem Frühlingstag...

Der alte Mann saß auf der Bank. Er hielt die Hände auf den Handstock gestützt, und während die ersten Sonnenstrahlen des Jahres ihn wärmten, sah er den Kindern zu, die im Sandkasten spielten. Allmählich wanderten seine Gedanken zurück, weit zurück, zu jenem Frühlingstag, damals...

Er hätte laut jubeln mögen, als er sie von weitem kommen sah, und glitt herab von dem Baumstumpf, auf dem er die ganze Zeit gehockt hatte, mit klopfendem Herzen und voll banger Erwartung. Er wollte ihr entgegenlaufen, tat es dann aber doch nicht.

Wie im Traum war der Vormittag vergangen. Er hatte das Ende der Schulstunde kaum erwarten können. Seine Mutter hatte er gebeten, ein frisches Hemd anziehen zu dürfen, obgleich es mitten in der Woche war. Sie hatte ihn einen Narren gescholten, aber er hatte ihr den Grund nicht sagen wollen. Seine Schuhe, die hatte er auf dem Weg schnell noch mit einem herausgerissenen Grasbüschel abgewischt. Ganz außer Atem war er dann hier angekommen, an dem Stumpf jener alten, knorrigen Eiche, wo sie sich treffen wollten. Und dabei hätte er noch so viel Zeit gehabt!

Und dann kam sie.

Es warf ihn beinahe um, so hübsch war sie! Braune Locken fielen ihr in das erhitzte Gesicht, und ihre ebenmäßigen Zähne blitzten. Wie ihre Augen strahlten! Am schönsten aber fand er ihre tiefen Grübchen, wenn sie lachte.

Bisher hatte er sich nichts aus Mädchen gemacht, rein gar nichts. Aber seitdem Sabine in sein junges

189

Leben eingedrungen war.., seitdem war alles anders geworden. "Sabine..."

Er konnte es immer noch nicht fassen, dass sie jetzt hier neben ihm saß. Er sah sie nur immer wieder an, und in ihm brannte das törichte Verlangen, eine Locke aus ihrem Gesicht zu pusten. Aber er wagte es nicht. Er starrte sie nur wortlos an, so lange, bis sie lächelte, und beiden stieg eine verlegene Röte ins Gesicht.

Da fiel ein Schatten über sie, und sie schrak zusammen. Vor ihnen stand Martin, der größte und wildeste von all den Jungen im Dorf. Martin ließ niemanden in Ruh', mit jedem suchte er Streit. "Wer ist denn die?" Er sah die beiden mit einem Blick an, so dass er einfach antworten musste.

"Das ist Sabine..." gab er anscheinend gleichmütig zurück. "Sie ist aus der Stadt zu Besuch hier bei ihrer Großmutter..."

"So... aus der Stadt. . ." Martin stand breitbeinig vor ihnen. Er schien zu überlegen. Dann grinste er hinterhältig. "... und du Zwerg triffst dich hier heimlich mit ihr... hau ab, sag' ich dir, jetzt will ich mal ein bisschen mit ihr spazieren gehen..." Und langsam ging er auf Sabine zu, die ängstlich zurückwich.

Da sprang er auf: "Lass sie gefälligst in Ruhe..." Seine Stimme hatte so einen seltsamen Unterton, dass sogar Martin verdutzt aufhorchte. Dann aber fing er roh an zu lachen, trat einen Schritt vor und schlug die Faust in das Gesicht des anderen. Der taumelte, und Sabine schrie laut auf. Er verspürte eigentlich keinen Schmerz, aber an einem blutig roten Himmel blitzten plötzlich unzählige Sterne auf. Eine nie gekannte Wut stieg in ihm auf. Martin war stark, viel stärker als er, das wusste er. Dennoch stürzte er sich auf ihn, schlug blindlings auf ihn ein, und Martin schlug zurück. Immer wieder...

"Karlchen. . ." hörte er Sabines Stimme wie aus weiter Ferne, "Karlchen... so sag doch was..."

Als er mühsam die verquollenen Augen aufschlug, sah er über sich ihr tränennasses Gesicht.

"Sabine..." kam es über seine aufgeplatzten Lippen. Er richtete sich auf. Martin war fort! Er hatte gesiegt, trotz der Niederlage...

Eine Hand legte sich zart auf den Arm des alten Mannes.

"... da, Karl..." sagte die alte Frau, die neben ihm saß und strich unbeholfen eine graue Locke unter ihrem Hut zurück, "da drüben, über der Hecke... die ersten Feldlerchen... sieh nur... Er nickte ihr zu und lächelte sie zärtlich an. "... ja, Sabine... ja.. ."

Irene Pätz

Das vergessene Glück

Sie gingen schweigend nebeneinander her. Aber es war kein fremdes Schweigen zwischen ihnen wie sonst. Die Frau hatte nach der Hand des Mannes gegriffen, und er hielt die ihre fest umfasst. So gingen sie langsam über den lockeren, aufgeweichten Waldboden. Wie still es hier war! Nur ab und zu ein vereinzelter Vogelruf, wie verweht, — dann irgendein verlorenes Knacken im Unterholz.

Eine Viertelstunde hinter der Abzweigung hatten sie die Panne gehabt. Schon vorher hatte der Motor unregelmäßig gearbeitet, um dann schließlich ganz auszusetzen.

"Mist..." hatte der Mann gesagt, war wütend ausgestiegen und hatte die Motorhaube geöffnet. Die Frau hatte die Augen geschlossen. In zwei Stunden mussten sie in der Stadt sein. Er hatte da eine Unterredung, eine wichtige, mit Geschäftspartnern, die sicher kein Verständnis dafür hatten, dass ihnen der Wagen hier mitten auf einem Waldweg einen Streich spielte. Wieder seufzte sie auf Er war so schrecklich nervös in der letzten Zeit. Diese Geschäfte, diese Konferenzen! Das rieb ihn auf und sie machte sich Sorgen um seine Gesundheit. Und immer häufiger hatte sie sich gefragt, ob es wohl einen Sinn hatte, dieses Hetzen, dieses Jagen mit der Konkurrenz um Wohlstand und Prestige...

Er war inzwischen zurückgekommen und hatte sich hinter das Steuer sinken lassen. "... da kann ich nichts machen. Ein Kolbenring hat sich festgefressen... es nützt nichts, wir müssen den Wagen stehen lassen und ein Stück zu Fuß gehen, durch den Wald nach drüben, in Richtung Kirchbach... an der Schneise ist eine kleine Waldgaststätte. Von dort können wir den Abschleppdienst anrufen..."

Ein kleiner Bach versperrte ihnen den Weg.

Die Frau blieb stehen. "Unmöglich, Herbert, meine neuen Schuhe..

Er lachte auf. Wie lange schon hatte sie ihn nicht mehr so lachen hören, Und ehe sie so recht wusste, was geschah, hatte er sie schon auf den Arm genommen, trug sie über das Rinnsal und ließ sie behutsam wieder herunter.

"... du bist noch fast genau so leicht wie damals, als wir uns kennen lernten", sagte er anerkennend, "weißt du noch, wie du dir den Fuß verstaucht hattest und hilflos am Straßenrand hocktest?"
Sie nickte. Oh ja', sie wusste es noch ganz genau, wie es angefangen hatte und wie beeindruckt sie gewesen war von seiner Kraft. Bis zur nächsten Raststätte hatte er sie getragen, ohne auch nur ein einziges Mal abzusetzen.
Wie jung er jetzt plötzlich aussah mit den kleinen Lachfältchen in den Augenwinkeln, wie jung, trotz der grauen Schläfen und der etwas füllig gewordenen Figur. Schnell griff sie wieder nach seiner Hand.
Diese Luft", sagte er eifrig, "diese herrliche Waldluft... du musst sie ganz tief einatmen.. Als er ihr leicht gerötetes Gesicht betrachtete, wurde ihm klar, wie blass sie ausgesehen hatte in der letzten Zeit. Er dachte an die vielen Abende, die sogar oft bis in die Nacht hineinreichten, an denen sie am Schreibtisch gesessen hatte, Rechnungen getippt und Zahlenkolonnen in die dicken Kontobücher eingetragen hatte. Wie müde sie dann oftmals war, und wie oft er sie ertappt hatte, wie sie sehnsüchtig aus dem Fenster blickte, irgendwo hin in die blauschwarze Nacht, wo es doch eigentlich gar nichts zu sehen gab...
Wir fahren heute nicht mehr in die Stadt", sagte er da plötzlich entschlossen. "Diesen Abend verbringen wir ganz allein.., irgendwo...
Freudig erschrocken sah sie ihn an. "Aber... deine Besprechung... deine Geschäftspartner—" Er legte den Arm um sie, und eine Spur Übermut schwang in seiner Stimme mit: "Die? Die können warten...".   *Helmut Pätz*

193

Nachwort

Für wen ist dieses Buch?
In erster Linie für Irene - für Dich, liebe Mama - als kleine Würdigung Eurer jahrzehntelangen Arbeit, all Eurer Mühen an ungezählten Abenden und Wochenenden, aber auch Eurer gemeinsamen und kreativen Freude am Fabulieren...
Und auch für alle, die eventuell ein Interesse an dieser Sammlung kurzer Texte von Irene und Helmut Pätz haben, welche im Laufe vieler Jahre seit 1956 in etlichen deutschsprachigen Zeitungen und Zeitschriften des In- und Auslandes abgedruckt worden sind...
Und letztlich auch für mich, die Tochter, die ich mit großer Anerkennung und etwas Stolz all diese Geschichten zusammentragen und nun herausgeben darf.
Dieses Projekt, dessen erster Band hier vorliegt und dem hoffentlich weitere folgen werden, ist in seiner Verwirklichung allein Thorsten Gallert zu verdanken, ohne dessen anstoßgebende Idee, seine übersichtliche Planung und nicht zuletzt die technische Umsetzung diese Zusammenschau wohl nie zustande gekommen wäre.
Ihm gilt mein tief empfundener Dank.

Marion Pätz, Mai 2022

Inhaltsverzeichnis